小学館文庫

映画ノベライズ

ミステリと言う勿れ

豊田美加

原作／田村由美

脚本／相沢友子

小学館

映画ノベライズ

ミステリと言う勿れ

小学館文庫

映画ノベライズ

ミステリと言う勿れ

豊田美加

原作／田村由美

脚本／相沢友子

小学館

CONTENTS

プロローグ

八年前の、よく晴れたある日。

広島県のとある山道で、一件の交通事故が起きた。

見通しのいい、ゆるやかなカーブであったにもかかわらず、ハンドルを切り損ねた高級外車がガードレールを突き破って空（くう）を飛び、二百メートル近く崖下に転落したのだ。

地面に叩（たた）きつけられた車は、爆音を響かせて炎上。

天に届かんばかりに黒煙が噴き上がり、乗車していた四人の男女は、全員即死した。

なお、死亡した四人は兄弟姉妹の間柄であったという。

＊

夕暮れの穏やかな波の向こうに、いくつかの島影が横たわるように浮かんでいる。

心地よい海の揺りかごで、深い眠りにつこうとしているかのようだ。

海水浴シーズンには多くの客で賑わうこの海岸も、季節外れのこの時間に人気はなく、かすかなさざ波の音だけが、優しく耳に流れ込んでくる。

サラサラの金髪と黒いロングコートの裾を潮風になびかせている、長身の美青年――犬堂我路は、その海辺に立っていた。

「……いよいよだね」

水平線に視線を向けたまま、我路が言う。

「……うん」

我路の隣に立っている、ショートカットの女の子がうなずく。

あどけなさの残る丸顔に、黒曜石のように輝くつぶらな瞳。年齢は十五、六歳くらいだろうか。

「今は警察に追われてる身だから、約束を守れそうにない」

バスジャック事件を起こしたあと、我路は妹が殺された事件の真相を解明するため、従兄弟の犬堂甲矢・乙矢兄弟とともに逃亡を続けている。

「きみの一族には闇がある。きみを守りながら、覗き込んでみようかと思ってたんだけど」

「わかってる……」

彼女もまた、薄暮に溶けていく海の果てをじっと見つめたままだ。

「……最近、面白い大学生と知り合ったんだ」

ふいに我路が言った。

「面白いって?」

「いろんなことを細かいところまでよく見てる。そして気づいたことをウザがられてもひたすらしゃべる。あと、もじゃもじゃの頭をしてる」

「もじゃもじゃ?」

ピンと来ないらしく、くりくりっと見開いた大きな目が、我路の端整な横顔に向けられる。

「うん、もじゃもじゃ」

言いながら、我路も女の子に視線を移す。

「…………」

きょとんとしている彼女を見て、我路はいかにも楽しそうに微笑(ほほえ)んだ。

旧広島藩主、浅野家別邸の庭園『縮景園』に隣接する広島県立美術館では、フランス印象派の美術展が開催されていた。

「はー、観にきてよかったー」

満足そうな顔で建物から出てきたのは、赤いタータンチェック柄の大判マフラーを首に巻いた、もじゃもじゃ頭……もとい、天然パーマの大学生・久能整である。

いつの間にか外は雪が降っていて、道路にはうっすら雪が積もっている。

広島に来る予定はまったくなかったけれど、これも神様のお導きかもしれない。

「ロートレックのマグネットも買えたし」

『ディヴァン・ジャポネ』と『ムーラン・ルージュにて』のどちらを買おうか、ショップでさんざん迷ってしまった。

東京のアパートに帰ったら、さっそく冷蔵庫にくっつけてある名画マグネットコレクションに仲間入りさせなくては……。

整は美術鑑賞が好きで、画集だけでなく、雑貨類もひそかに蒐集しているのだ。

ポストカードも数枚買ったし、コレクションしてあるチケットの半券ももちろん大事にしまい込んだ。

整の一番お気に入りの画家はレンブラントだが、印象派の中では、ルソーとドガが好き。

「でもモネとかはきっと、もっと大人になってからのほうがわかるんだろうな……」

鑑賞するたび理解が深まり、そして新たな発見がある。

――などとつらつら考えながら歩いていた整は、ふと足を止めて背後を振り向いた。

「…………」

しばし行き交う人々を眺めたあと、路面電車の乗り場へと向かう。

広電の愛称で市民に親しまれている広島電鉄の路面電車は、大正元年の開通以来、今も都市の大動脈として活躍している。都電荒川線や函館市電など、日本の各地に路面電車が走っているが、広電は編成数・年間輸送人員ともに全国一の、いわばキング・オブ・路面電車と言えよう。

整が縮景園前の駅で待っていると、ベージュと緑のツートンカラーに塗装された、レトロな車両の電車がガタンゴトンと走ってきた。

「被爆電車」と呼ばれる車両が現役で活躍しているかと思えば、近未来的なデザインの車両が走っていたりする。こうした車両の豊富なバリエーションも、広電の魅力のひとつだ。

広電の運賃は、広島市内のどこに行っても一律二百二十円。あちこち市内観光するなら一日乗車券を買うほうがおトクだが、整は今日中に東京に戻る予定なので、現金払いにする。

次の目的地の原爆ドームに行くには、二つ先の八丁堀で電車を乗り換えなくてはならない。乗務員さんに乗換券をもらうのを忘れないようにしないと……。

空いている席に座り、車内の暖かさにホッとひと息つく。

のんびりした走行音を聞きながら電車に揺られていた整は、ふいに横目で車内を見やった。

「………」

アクビをしている会社員風の男性、赤ちゃんをあやしている若いお母さん、スマホを見ている黒いソックスの女子高生、おしゃべりに余念がない買い物帰りの主婦たちなど、車内の席はほぼ埋まっていた。

原爆ドーム前で電車を降りた整は、元安橋を渡って、まず三角洲（さんかくす）にある平和記念公園の原爆死没者慰霊碑に向かった。

　家形埴輪（いえがたはにわ）をかたどった慰霊碑の前に立つ。

　中央の石室に納められた原爆死没者名簿には、国内外を問わず、原子爆弾に被爆して亡くなった人たちの氏名等が記帳されており、その数は三十三万人を超える。

　『安らかに眠って下さい
　過ちは
　繰返しませぬから』

　石碑の碑文を噛（か）みしめながら、静かに目を閉じて手を合わせる。

「………」

　祈りを終えた整は、目を開けて、何か考えるような顔つきになった。

　慰霊碑を離れ、川の向こう岸にある原爆ドームを見つめながら、しばし佇（たたず）む。

　爆心地から約百六十メートル。ヨーロッパ風の、モダンなれんが造りの建物だった産業奨励館は、一瞬にしてその姿を変えた。

　階段室の屋根にあたる楕円形（だえんけい）のドームが、食い散らかされたあとに残った骨のように、無残な鉄骨を晒(さら)している。

核兵器の脅威。戦争の悲惨さ。命の尊厳。人類の愚かしさ。

ほぼ被爆当時のまま立ち続けるその姿は、惨禍の記憶が薄れゆく後世の人びとに訴えかけている。

整の脳裏にもさまざまな思いが駆け巡っ——。

「久能整くん」

突然、後ろから名前を呼ばれて、整は振り向いた。

グレイのダッフルコートの下に白いセーラー服を着た、ショートカットの女子学生が立っている。見た感じでは、中三かせいぜい高一くらいだろう。

ちなみにであるが、整が着ているのはキャメル色のダッフルコートである。

いったい何者なのか。丸顔の中の賢そうな黒曜石の双眸(そうぼう)が、じっと整を見上げてくる。

「…………」

整に女子学生の知り合いはひとりもいない。いるわけがない。そもそも友達もいないし、彼女もいない。ぼっちと言われようがなんと言われようが快適に生きているので、なにも問題はないのであるが。

しかしなぜ、縁もゆかりもない女子学生が整の名前を知っているのか。顔の知られた有名人ならともかく、相手は自分のことを知っているのにこちらは知らないという、あまり気分のよくない状況である。

「バイトしませんか？」

「バイト……？」

整は面食らった。いきなりバイトの勧誘って――。

「お金と命がかかってる。マジです」

決意を表すかのように、きゅっと口を引き締める彼女。正体は不明だが、真剣なのは確かなようだ。

しばし無言で見つめ合ったあと、整はおもむろに言った。

「……さっき、美術館の前にいましたよね」

「え」

整が美術館を出て歩いていたときだ。視線を感じて振り向くと、グレイのダッフルコートの女の子がサッと目をそらしたように見えた。

「それに電車の中でも」

整から少し離れた席に座り、スマホを見るフリをしながら、こっそり整の様子を窺(うかが)っていたのも彼女。

「慰霊碑のところでも後ろにいた」

観光名所でもあるし、そこまでならまだ思い過ごしで済んだかもしれないが、彼女はまたしても整のあとをついてきた。

さすがに変だと思っていたら、声をかけられたのである。

「あなた誰ですか。どうして僕のこと知ってるんですか」

「私、かりあつまりしおじ」

「かりあつまりしおじ……」

とっさに漢字が思い浮かばない。

整同様そういう反応には慣れっこらしく、漢字の名前を表示したスマホの画面を整の眼前にビシッと突き出す。

『狩集汐路』。

久能も珍しい名字だが、狩集ほど耳慣れない姓ではない。狩集姓の人など、全国で千人にも満たないのではなかろうか。

「ガロちゃんから、あなたを推薦されたの」

「……ガロちゃんって、え、我路くん!? 知り合い?」

整は仰天した。

犬堂我路。バスジャック事件で知り合った、ミステリアスな青年である。

事件のあと従兄弟たちと行方をくらませてしまったが、まさかこんな場所で、見知らぬ女の子の口からその名前を聞くことになるなんて……。

「ちょっとね」

汐路は小生意気に肩をすくめた。

「ホントはガロちゃんが手伝ってくれることになってたのに、ダメになっちゃって。ひとりだと無理だからすべて放棄しようかと思ってたけど、あなたなら一緒に戦ってくれるだろうって」

「………」

知らないところで勝手に推薦されても困るのである。

しかし、彼女はどうやって逃亡中の我路と連絡を取ったのだろう。整も我路と話したいことがたくさんあるのに……。

だが聞いてみたところで、この気の強そうな女の子は絶対に教えてくれそうにない。

「だから、久能整くん、力を貸して。じゃないと私、殺されるかもしれない」

「……話が見えないにも程がある」

髪の毛のみならず頭の中までくるくるしそうだ。

カレーと絵画が好きなごくごくフツーの大学生なのに、命がかかってるとか殺されるとか、なんでこう物騒な揉め事に巻き込まれてしまうのか。

「……マフラー巻くのって怖くない？」

じっと整のマフラーを見つめていた汐路が、唐突に言った。

「私、あなたみたいにマフラーをきっちり巻けない。ネックレスもつけられない。きっと首を絞められると思うから」

強張った面持ちで話す汐路を、整は思わずまじまじと見た。

「もう時間だ。さ、行くよ」

スマホで時刻を確認し、またしても唐突に汐路が走りだす。

「えっ!?」

引き受けるともなんとも言ってないのに！

「これからおじいちゃんの遺言書が公開される！」

「え〜〜……」

仕方なく整も走りだす。

おじいちゃんって？　遺言書って？　まったく話が見えないんですけど!!

狩集家の本家は、有形文化財に登録されてもおかしくないような、堂々たる門構えの旧家であった。

板と真壁の屋根つきの高塀が延々と続いており、中に入らずとも広大な敷地だとわかる。

整は汐路に促されるまま、両側に家紋入りの提灯(ちょうちん)が飾られた門を潜(くぐ)った。

庭園を見渡せる長いくれ縁を歩き、たっぷり三十人は収容できようかという広間に辿(たど)り着く。

その広間に、狩集家の親族が一堂に会していた。

整はリュックも下ろさずコートも脱がず、その末席にわけがわからないままちょこんと正座した。

「……僕、ここにいていいんでしょうか。というかなんでいるんでしょう」

身を乗り出し、前に座っている汐路に小声で控えめにクレームをつける。

真っ赤も真っ赤な赤の他人が、なにゆえ由緒のありそうな名家一族の遺言公開などという非公開の場に紛れ込んでいるのか。

「では始めましょう。私は狩集家の顧問弁護士を務めております、車坂と申します。こちらは顧問税理士の真壁先生です」

ひまわりの弁護士バッジをスーツの襟につけた白髪頭の車坂義家、恰幅のいい角ばった顔の真壁軍司、ともに七十代後半というところか。

車坂が、紫色の正絹の帛紗の上に載せた遺言書を手に取った。

「これより、先月お亡くなりになった狩集幸長氏のご遺言書を開示させていただきます」

整は、たくさんの供花に囲まれた床の間の祭壇に目をやった。白い布で覆われた、立派な三段式の祭壇だ。

一番上の段の中央に、遺骨と位牌に挟まれたかっこうで遺影が置かれていた。最高ランクの戒名にふさわしい和装の老人が、白木の額の中で気難しそうにこちらを睨んでいる。

「あれ、私のおじいちゃん」

遺影を見ている整に気づいて、汐路が教えてくれる。

すると、汐路の隣りに座っている青年がいぶかしげに整を振り返った。

「おまえ、誰じゃ」

年齢は整より四つか五つ上だろうか。スポーツマンタイプのイケメンである。

「えっ、僕は……」

皆の視線が集まり、整は口ごもった。

……我路の代理としてスカウトされたバイト？　って、絶対納得してもらえないでしょ。だいたい、整自身がこの状況を把握できていないのだ。

「私の彼氏だよ。いずれ家族になる人だから、別にいいでしょ」

汐路が息を吐くようにスラスラと嘘をつく。バイトからいきなり（ニセの）彼氏に抜擢された整はもちろんのこと、親族一同が驚いたのは言うまでもない。

「このブロッコリーが!?」

さっきのイケメンが目を丸くして整を指差す。

「ブロッコリー……」

初対面の相手に人間認定されず、少なからずショックを受ける整。

そんな整をよそに、遺言公開が進んでいく。

小さな咳払いのあと、車坂が厳かに文面を読み上げた。

「『遺言書』」

整の目にもチラッと見えたが、書道紙に流れるような草書で文字が書いてある。

「『遺言者は遺言者が有するいっさいの財産、狩集家が有するいっさいの財産を、祖先に従い、ただひとりの相続人に相続させる。ただし、わが実子四名はすでにこの世になく、その配偶者には権利がない。従って孫世代の中から、その一名を選ばねばならない。狩集理紀之助(りきのすけ)、赤峰(あかみね)ゆら、波々壁新音(ははかべねお)、狩集汐路』」

狩集幸長の長男の息子、狩集理紀之助は三十そこそこ。細フレームのメガネをかけた、貴公子然とした美男子だ。

幸長の長女の娘、赤峰ゆら。美形の家系なのか、黒髪ボブと切れ長の目が印象的な美人である。

ゆらが膝に抱っこしているツインテールの幼い少女は彼女の娘で、名前は幸(さち)。母娘の後ろには、おとなしそうな夫が控えている。

先ほど広島弁で整に話しかけてきたのが、幸長の次女の息子の波々壁新音、そして幸長の次男の娘が、高校一年生の狩集汐路だ。

いとこ同士になるこの四人のうちのたったひとりが、先祖代々のしきたりに従って、狩集のすべてを受け継ぐ相続人に選ばれるらしい。

横一列に並んだ四人に相対するかっこうで、それぞれ向かい側に中年の男女――彼らの親たちが座り、遺産相続の行方を見守っている。

「そのひとりって、どうやって決めるのよ？」

ゆらが当然の疑問を口にした。

「『孫たちに、まずひとつずつ蔵を与える』」

車坂が遺言書に従って答える。

「蔵……？」

これまた整の想像の斜め上を行くルールだ。

「『理紀之助には〝明聡の蔵〟、ゆらには〝温恭の蔵〟、新音には〝忠敬の蔵〟、汐路には〝問難の蔵〟を』」

「……足りない」

整は思わず口に出した。

汐路が顔だけ振り返り、「なんのこと？」と言いたげに首をかしげる。

「『そして、相続の権利を得るためのお題を出す』」

車坂の一言一句を聞き逃すまいとするように、狩集家の面々は固唾を呑んで続きを待っている。

「『それぞれの蔵において、あるべきものをあるべきところへ、過不足なくせよ』」

一同は顔を見合わせたり、首をひねったりしている。当人たちもその家族も、前当主が出したお題の意味をはかりかねているようだ。皆、蔵の中に何が入っているのかもまったく知らないらしい。

「『その成果を見て、遺言執行人である車坂先生と真壁先生が協議の末、ひとりを選ぶ。四人で競い合い、力を尽くしてこれを勝ち取れ。狩集幸長』……以上です」

判定を下す役なら正解を知っていそうなものだが、車坂と真壁からのヒントもいっさいなし。

全員無言のまま、張り詰めた空気の漂う広間にピーヒョロロ……と、のどかなトンビの鳴き声が場違いに聞こえてくる。

整が汐路の様子を窺うと、じっと前を向いて考え込んでいる。

「では、皆さんに蔵の鍵をお渡しします」

顧問税理士の真壁が、切手盆をうやうやしく捧げ持ってきた。

これも紫色の正絹の帛紗の上に、古めかしい木札のついた鉄製のいかつい鍵が並んでいる。ウォード錠と呼ばれる、古いタイプの錠前だ。

木札には、〝明聡〟〝温恭〟〝忠敬〟〝問難〟と、それぞれの蔵の名前が墨で書いてあった。

相続人候補たちが、理紀之助から順番に蔵の鍵を手に取っていく。最後に汐路が、乱暴に鍵をつかみ取った。まるでなにかに腹を立てているかのようだ。

「……あの、さっき言いましたよね。お金と命がかかってるって。あれ、どういう意味ですか？」

整は改めて汐路に訊ねた。

「過去、うちの遺産相続はいつもお題が出て争う形になって、そのたびに必ず何人も死人が出てる。きっと殺し合ったのかもね」

「『犬神家の一族』……」

整は思わずつぶやいた。横溝正史の有名な推理小説のようではないか。広間のどこかに白いゴムマスクをかぶった男が座っているような気さえしてくる。

「たしかに亡くなる方はいらっしゃったようですが、全員事故や病気とはっきりしております」

ふたりの横から、車坂が言った。

「そうだよね。警察はいつも調べないもんね。うちのパパたちが死んだときもそうだった」

汐路は、初老の顧問弁護士の言葉に反発するような口ぶりだ。

「汐路！」

汐路の向かいに座っている濃紺のワンピースを着た中年女性が、やめなさいというように小さく首を横に振る。

「ホントのことでしょ、ママ」

「まだそんなことを。あれは事故だったんですよ」

汐路の母親、狩集なえである。活発な娘と違って、控えめでおっとりした印象だ。

「……ガロちゃんは面白がってた。『きみの一族には闇がある。きみを守りながら、覗き込んでみようかと思ってた』って」

汐路がつぶやくように、傍らの整に言った。

「つまり……狩集家遺産相続殺人事件……死人がどんどん出るやつですね」

アガサ・クリスティーの『ポアロの事件簿』のようで、ついつい口に出してしまう整。

「それでは、私たちはこれで」

「失礼いたします」

役目を終えた車坂と真壁が、狩集一族に頭を下げて広間を出ていく。

さぞや莫大(ばくだい)であろう財産の行方は、けっきょく狩集家の顧問弁護士と顧問税理士の手にゆだねられることになるらしい。

「……あのふたりは、おじいさんから相当信用されてたんですね」

車坂と真壁の後ろ姿を見送りながら、整は汐路に言った。

「車坂家と真壁家は、明治時代に狩集家が一気に成長したころから、ずっと一緒にやってきたんだって」

やっぱり映画にありそうなエピソードじゃないか。

なんとも曖昧な雰囲気のまま場は解散となり、親族が三々五々広間を出ていく。

親たちの最後に立ち上がったななえが、心配そうに汐路の顔を覗き込んだ。

「大丈夫だよ」

汐路が言うと、ななえは小さくうなずいて広間を出ていった。

整と汐路だけがその場に残る。

「これでわかったよね。バイトっていうのは、私のボディガード兼、蔵の謎解き要員」

後者はともかく、前者は自信がないと自信を持って言える整である。

「……遺産、欲しいですか？」

汐路は、本当に遺産などに興味があるのだろうか。

知り合って数時間しか経っていないけれど、人と争ってまでお金を手に入れたいと思うような子には見えない。

山積みの札束よりも、むしろ山盛りのドーナツのほうに飛びつきそうな……。

「自分ひとりなら要らない。でも母が……」

と、そこでちょっと言葉が止まる。

「父が亡くなったから、母にはなんの権利もない。嫁としてこき使われても一円ももらえない。母のために、私は勝ちたい」

汐路の言葉にも表情にも、そしてその瞳にも固い決意が見て取れる。

いわくありげな旧家の嫁。人一倍、周囲の親族にも気を遣っている様子だった。狩集ななえは、整には想像もつかないような肩身の狭い思いをしてきたのかもしれない。

そして汐路は、ずっとそんな母親の姿を見て育ったのだろう。

なんとなく気の毒になって、整は時計を確認した。最後の東京行きの新幹線まで、まだ少し時間がある。

「じゃあ、死人が出ないように、まず相続人のみなさんで、お茶飲んで話し合いませんか」

袖すり合うも他生の縁と言うし。いや前世からの因縁などではなく我路のせいなのだが、できるだけ協力しようと整は提案した。

「どしてじゃ、わりゃ関係なかろーが！」

「うーん、ちょっとのう。さすがにそういうわけには」

「部外者は口出さないで。引っ込んでて」

新音、理紀之助、ゆら。次々とにべもなく誘いを断られる。

「話を聞いてくれない一族……」

もはや犬神家とはなんの関係もないが、口を開くまえから話を聞いてもらえないとは、それはそれでホラーな一族である。

「そりゃそうでしょ。遺産を争うライバルなんだから」と汐路。

わかっていたなら、早く教えてほしかった。

「とりあえず、今日は私ここに泊まるから。整くんも泊まってって」

汐路は当然の流れのように言うが、整にとっては、予定も想定もしていなかった成り行きである。

「え!?　いやいや、僕、もう東京へ帰るので」

整は慌てて言った。明日は日曜日だが、そもそも広島へは美術展だけが目的で来たのであって、ほかにはとくに見たいものも行きたいところもない。

「帰りのチケットはまだ買ってないでしょ」

　そのとおりだ。しかしなぜ、「もう買ってあるの？」という疑問形ではなく、「まだ買ってないでしょ」という断定形なのか。

「……どうしてそんなこと……」

　知っているのか訊こうとして、整は口をつぐんだ。なにゆえ汐路はしたり顔なのか。あまつさえ、口元にはうっすらとほくそ笑みのようなものが……。

「あ！　まさか……昨日、大学で今日までの期限の広島行きのぞみ、誰か要らないかって。知らない人から安く買ったけど、あれ……」

「私が頼んで売ってもらった」

　汐路は悪びれもせず、けろりとして言う。

　あの格安新幹線チケットは、整をこの場に来させるための罠――！

「恐ろしい……なんて恐ろしい」

　整は思わず後ずさりした。そこまで入念に仕組まれたものだったとは……。人の運命を弄ぶ、悪魔のごとき所業ではないか。

　考えたら、整がたまたま広島に来た日が、たまたま狩集家の遺言書を開示する日だったなんてありえない。

「言ったでしょ、お金と命がかかってるって」

「……………」

目を見開くばかりの整。いっそ清々(すがすが)しいほど、整の気持ちも事情もお構いなしなのであった。

主屋の廊下の奥から、上品な和装の老婦人が出てきた。

「ふたりとも、お疲れさんじゃったねぇ」

闖入者(ちんにゅうしゃ)である整にも、嫌な顔ひとつせずニッコリと声をかけてくれる。

「マリさんは、おじいちゃんの従妹(いとこ)。ここに住んで、おじいちゃんの世話をしてくれてたんだ」

古希を迎えるくらいの年齢だろうか。マリの名前は鯉沼毬子(こいぬままりこ)といい、夫と死別して子供もいないこともあって、体を壊してしまった汐路の祖父の面倒をずっと見てきたという。

長いあいだ本家で暮らし、前当主のそばにいたなら、もしかしたらこの老婦人が一番の事情通かもしれない。

「なんかあったら遠慮せんとゆうてね」

「ありがとうございます」

汐路のいとこたちにつれなくされた直後なので、優しい言葉がいっそう身に染みる整である。

家を案内してくれるマリに汐路と一緒について行きながら、あっちこっちに整の視線がさまよう。

家の中央には、大人三人分以上に幅の広い階段がでんと構えている。

板の厚い透かし彫りの欄間や重厚な黒檀の床柱を見れば、いかに狩集家が莫大な財を築いてきたかがわかる。

椅子、衝立、ランプなどの調度品、掛け軸や壺などの骨董品、どれをとっても財産的にも美術的にも価値あるものばかりだ。

だが、整の目を引いたのは別のものである。

「お札がいっぱい……盛り塩も」

広島東照宮や神社の各種お札が、盛り塩と榊とともに、神棚はじめ至る場所に祀ってあった。

それだけではない。伊勢の蘇民将来子孫家門のお札、悪霊退散や災難除けのお札も、あちこちの柱や長押に、それこそ節操のないほど貼ってある。

神棚の御札箱の中で、神様が喧嘩しやしないか心配になるほどだ。

「玄関に大きなアメジストドームもありましたね」

立派な式台玄関の正面に、キラキラと輝く紫色の水晶――巨大なアメジストドームが、盛り塩と一緒に飾ってあった。

「うん、魔除けになるんだって。ずっと昔からあるみたい」と汐路。

そう言えば、狩集家の家紋は籠目紋と呼ばれるものに似ていた。これも魔除けの力を持つと言われている。

「泥棒除けにもなるんですよ」

整がつけ加える。

アメジストドームは良い運気を集めるとも言われ、財運や家運の上昇、事業の成功などをもたらすお守り石として人気があり、会社や家庭などの、気の通り道である玄関先に外に向けて置くのが通例だ。

サメがぱっくり口を開けたようなそれを整も幾度か見かけたことはあるが、あそこまで大きいものは初めてだった。

「整くん、詳しいんだ」

ちょっと感心しているふうの汐路に、なんの気なしに答える。

「子供のころ、石と会話してたので」

「キモッ！」

コンマ一秒で整の心が折れた。

汐路が案内してくれた和室には、高級旅館のようなふかふかの布団がすでに敷いてあった。

「整くんはこの部屋使ってね」

「あとお風呂はね、あっちの……」

「僕、他人の家でお風呂には入りたくありません」

「でも、近くに銭湯とかないんじゃないかな」

「いえ、他人と入るのはもっと嫌です。プールも入りたくありません」

汐路は沈黙し、冷ややかな目で整を見つめたあと、「……まあ好きにして。着替えはそこ」と枕元を指さした。濃茶の作務衣(さむえ)が、きちっとたたんで用意してある。

「下着とか歯ブラシとかは近くにコンビニあるから」

「一泊分は持ってます」

整の背中のリュックの中には、下着と靴下・歯磨きセット・お風呂セットが一式用意してある。

「え、日帰りのつもりだったのに？」

「遠方に行くときは何があるかわからないので。災害とか事故とか、川に落ちたりとか」

「なんかもうどうでもいい」

汐路は面倒くさくなったらしい。部屋を出ると、「落ちろよ！」と非情に言い捨ててピシャリと襖（ふすま）を閉めた。

「…………」

強引に連れてきたくせに、なんという塩対応。

だが哀（かな）しいかな、ウザがられるのには耐性がついている整である。

ひとつ息をつき、リュックを下ろした。乗りかかった船とあきらめて協力するしかなさそうだ。

整がダッフルコートを脱ぎかけたとき、いきなり襖が開いた。

「!?」

驚きのあまり、再びコートをはおり直してうずくまる。

「言い忘れた」

汐路が、神妙な顔で襖口に立っている。

「無理やり引っ張ってきてごめんね。迷惑だと思うけど、来てくれてありがとう。以上!!　おやすみ」

一気に言うと、再びピシャン!!と襖を閉める。

……礼儀正しいんだかなんなんだか。

どっと疲れて、整はまたフーッと深い息をついた。

流されている……流されて広島。

翌朝、整は鳥たちのさえずりで目を覚ました。

スッキリした目覚めではなく、どうも夢見が悪かったような……。

巻いたままのマフラーに顔を埋(うず)め、ぶるっと身震いする。整の小さなアパートの部屋と違い、古い日本家屋は底冷えする寒さだ。

布団を出て、白いパーカーの上に着た作務衣姿のまま、庭に出てみる。

飛び石の上を歩いていくと、計算された役木や、苔(こけ)むした石燈籠(いしどうろう)、蹲踞(つくばい)や鹿威(ししおど)しなどがさりげなく配置されている。

遣り水のある大きな池の水風景は一幅の絵のようで、休憩用の東屋があちこちに建っており、とても一個人の庭とは思えない。

ぶらぶら散策していると、すでに普段着に着替えた汐路が祠の前で手を合わせていた。

「おはようございます」

声をかけると、汐路が顔を上げた。

「おはよう」

「庭にこんなのまであるんですね」

汐路たちの祖父が、この祠を毎日拝んでいたという。

個人の土地でも、祠ならまだなくもないだろうが、

「鳥居もあるよ」

という汐路の言葉には、整も声を失ってしまった。

「あ、理紀ちゃん」

祠を離れようとした汐路が、ふと足を止めた。

池のほうへ張り出した小さな出島のような場所に、理紀之助がひとりで立っている。

柵に寄りかかり、池の錦鯉に餌をやっているようだ。

「あそこ柵がグラグラで危ないから、あとで教えてあげなくちゃ」

「………」

「じゃあ整くん、蔵に行かない？」

汐路が、思いついたように言った。

まるで巨大な迷路のような敷地内を、汐路は勝手知ったるなんとやらでどんどん歩いていく。整は汐路の後ろ姿を見失わないよう、ついていくのが精一杯だ。

ほぼ垂直の崖地と家屋に挟まれた、切通しのような細い路地に差し掛かった。

「こっち!!」

汐路が立ち止まって整を振り返った次の瞬間、汐路の頭上から植木鉢が落ちてきた。

「！」

汐路の足元で、植木鉢が音を立てて割れる。

ふたりは驚いて立ち尽くした。もう少しで汐路の頭を直撃するところだ。

「誰!?　わざと落としたでしょ！」

上に向かって叫ぶなり、汐路がコンクリートと石積みの擁壁に作られた階段を駆け上がっていく。

整もあとから続いた。

崖地の上は何もない空地で人影はなく、周囲を見回しても誰も見当たらない。

「誰か知んないけど、こんなことでビビらないから。こっちも容赦しないからね！」

激昂して、辺りに響き渡るような大声で叫ぶ汐路。

汐路は遺産相続争いの宣戦布告と受け取ったらしいが、整にはそうは思えない。

「……ホントにわざとですか？　まともに当たったら大ケガですよ」

「だから怖いって言ってるの。言ったでしょ、死人が出るって」

たった今、恐ろしい目に遭ったばかりなのに、汐路は不吉なことを平然と口にする。

屋根を見下ろす高台からは、狩集家の広大な敷地が一望できた。

「すごい、これ、ぜんぶ狩集家の……？」

整はため息交じりに言った。

主屋を中心に、離れや庭園などが一体となっている豪壮な屋敷構えである。

「うん。あれが蔵だよ」

汐路が、池の向こうに見える雑木林の、そのまた向こうに点在する四つの蔵を指さす。

「右から、理紀ちゃんがもらった明聡の蔵。新音の忠敬の蔵。ゆらちゃんの温恭の蔵。

私の問難の蔵」

「………」

四つの蔵は遠目にも時代がかっていた。戦争でも倒れず、家屋敷は焼けたが、蔵の中のものは無事だったそうだ。

「ずっと開かずの蔵だったの。誰も近寄るなって言われてた。でも一回だけ、パパが出入りしてるのを見たことがある」

「え……」

「すごくコソコソしてた。たぶん、おじいちゃんに内緒で鍵を持ち出したんじゃないかな」

汐路の家は東京にあるのだが、そのころ、汐路の父親の狩集弥は妻のななえにも詳しい事情を話さず、しょっちゅう広島に来ていたという。

パパっ子だった汐路はよく父親にくっついてきていたが、なぜか弥はいつも深刻そうだった。

汐路はポケットからスマホを取り出し、保存してあった一枚の写真を整に見せた。

場所は本家の庭だろうか、中年の男女四人が並んで写っている。

「これが私のパパで、新音のお母さんと、理紀ちゃんのお父さんと、ゆらちゃんのお母さん。四人きょうだいなんだけど、そのころからよく言い争いしてた」

この写真を撮ってから半年ほど経った、ある晴れた冬の朝。

きょうだい四人は車に乗り、弥の運転でどこかに出かけていった。

その車が山道の崖から落ちて爆発炎上し、全員即死したのだという。

「……たぶん、殺し合ったんだと思う」

もはや整も驚かない。

「それって、いつですか」

「八年前。そのときにはもう、遺産相続の戦いが始まってたんだよ」

「でも、四人とも亡くなってますよね？」

「誰かが失敗して、うっかり全滅しちゃったんだよ。バカみたい。でも事故ってことになってる。パパの居眠り運転だろうって」

汐路の顔が、苦痛を受けたようにかすかにゆがむ。

「………」

「おじいちゃんが相続したときも、兄弟がふたり亡くなってる。ケンカして海に落ちたんだって。その上のじいちゃんもばあちゃんも、みんな殺し合ってきた。そういう家なの」

つまり、汐路はこう言いたいのだ。当主だった汐路たちの祖父が亡くなり、その子供も四人とも亡くなって、今度は孫たちが命を懸けて争う番なのだと——。

汐路が問難の蔵の鍵を開け、重たそうな観音開きの扉を開けた。

とたんにホコリとかび臭いにおいが流れ出て、整は思わずクシャミをした。

汐路が、薄暗い蔵の中へ先に入っていく。

続いて整も、袖で口を押さえながら中に入った。

「あれ、なんかガラガラなんだね」

汐路が拍子抜けしたように言った。

蔵の中はがらんとしていて、床には枯れ草が散らばっていた。一見したところ、大したものはなさそうに見える。

だが蔵の奥に、同じ大きさの桐箱（きりばこ）がいくつか無造作に置いてあった。

「この箱、なんだろう」

言いながら、汐路が一番手前の箱に手を伸ばす。ボロボロに劣化した紐（ひも）を解き、蓋を開けて「わっ」と声をあげた。

「お人形さん……」

桐箱には、古びた日本人形が入っていた。おかっぱ頭の童女の市松人形である。

整が別の箱を開けてみる。

「こっちもです」

着物の色や柄こそ違うが、やはり同じ日本人形だ。

鼠(ねずみ)のフンや蜘蛛(くも)の巣を払いながら、ふたりで次々と桐箱を開けていく。

「ぜんぶ人形……」

九体の日本人形を前に、汐路はちょっと呆然(ぼうぜん)としている。

すると、整がバラバラに置いてあった人形を、横一列に並べ替えはじめた。

ずいぶん精巧な人形たちで、色褪(いろあ)せしているものの、それぞれの着物に合わせて帯や半襟や帯締めなども変えてあり、少しずつ顔の造りも違う。

「……三体足りない」

整は独り言のようにつぶやいた。

「えっ？　なんで……」と汐路は言いさし、「いや待って」と人形たちをじっと見つめて考え込んだ。

「……あ、着物の柄？　暦を表してるんだ？」

「はい、おそらく。これは十二ヶ月の人形なんです。松が一月、梅が二月、藤、菖蒲(あやめ)

「……」

整が若い月から順に名前を挙げていく。

「旧暦の花暦みたいですね。でも、ここには九体しかありません」

あとの三体の花を調べようと、汐路がすばやくスマホで検索する。

「えっと……菊と牡丹の柄がないっぽい？　あと桜かな」

そう言った瞬間、汐路はふと表情を変えた。

「桜……」

とつぶやいて、遠くを見るような目になる。

「どうしたんですか」

「私、見たことある」

思い出した。そう、あれもこの本家にいるときだった。

「桜の柄の、これと同じ人形……」

八年前、汐路は八つになったばかりだったと思う。

桐箱に入っていた古めかしい日本人形が、おもちゃの着せ替え人形しか知らない汐路には珍しかった。

――パパ、変な色のお人形。

――さわるんじゃない、汐路！

ただ抱っこしようとしただけなのに、いつも優しい父親から怖い顔で叱られたので、汐路は驚いた。

箱の蓋を閉めると、弥は悲しそうな、怒っているような、なんとも言えない表情で言った。

――これは汐路のものじゃないんだ。持ち主に返さないとね……。

「持ち主……？」

整は首をかしげた。

桜の柄の日本人形は、狩集家のものではなかったのだろうか。ここにないということは、すでに持ち主の手に渡ったということなのか。

では、菊と牡丹の二体はどこに……？

ほかの遺産相続人候補たちも、のんびり朝寝坊していたわけではない。

新音はすでに自分の蔵を調べ終え、雑木林をひとり歩いていた。

すると、ゆらが幸の手を引いて歩いているのが見えた。なぜか急ぎ足で蔵とは反対方向に歩いていくので、新音と同じく、もう蔵を開けたのだろう。

「お、ゆら！　おまえんとこ何が入っとった？」

振り向いたゆらは、気のせいか顔色が悪い。

「言うわけないでしょ、レースはもう始まってるんだから！」

目を吊（つ）り上げて新音をキッとにらみつける。

「そがいな大声出さんでも。イライラすんなや」

新音はちょっとたじろいだ。昔から勝気な従姉（いとこ）だが、これほどヒステリックになることはめったにない。

「幸、じぃじのとこ行ってて。ママ、もう一度蔵に行ってくるから」

ゆらが娘に言い聞かせる。

「ママもー」

「いいから行きなさい、ほら」

ゆらは幸を追いやるように手で促し、自分だけ蔵のほうへ引き返していった。

幸は家に向かってぴょんぴょん跳ねるように歩いていく。ふわふわの巻き毛をリボンで結んだツインテールといい、ちっちゃな垂れ耳の白ウサギのようだ。

新音は少し考える顔になり、そのあとをそっと追いかけた。

「幸ちゃん、幸ちゃん」

幸が足を止め、なぁにというように顔だけ振り返る。

新音は幸の前にしゃがみ込むと、愛想笑いを浮かべて言った。

「なあ、蔵の中入った？」

「…………」

幸は固い表情で口を閉ざしている。

「何があったか教えてくれん？」

愛想笑いに加えて精いっぱいの猫なで声を出すが、意図に反して幸の警戒レベルは上昇したようだ。

「お母さんには内緒で、の？　お菓子あげるけえ」

キャラメルをエサに古くさい手口で聞き出そうとしたとき、もじゃもじゃのブロッコリー頭が突然、新音の隣にしゃがみ込んだ。

「こういうことやっちゃダメです」

「うおっ!?」

のけぞった新音が、勢い余って尻もちをつく。

「幸ちゃん、行っていいよ」

整がそう声をかけると、幸は「うん」とうなずいて、またぴょんぴょん跳ねて行ってしまった。

整は、ぽかんとしている新音に向き直った。

「子供って、乾くまえのセメントみたいなんですって」

「は？」

「落としたものの形が、そのまま跡になって残るんですよ」

セメントに残った、たとえば靴や猫の足跡を、誰しも一度は見たことがあるのではないだろうか。その凹みは消せないので、最初から全部作り替えるか、せいぜい薄くすることしかできない。

「だから子供をスパイにしちゃダメです。一生悔やむことになる。自分がうっかり話してしまったことを。親の足を引っ張ってしまったことを、一生悔やむんです」

汐路は少し離れた場所に立ち、じっと整の話を聞いている。

「いや、そりゃわからんじゃろうが！　あがな子供じゃけえ」

「子供はバカじゃないです。自分が子供のころ、バカでしたか？」

整の言葉に、新音はハッとしたように黙り込んだ。

バカではなかった――と思う。大人の顔色をうかがい、大人のすることを見て、幼いながらも大人たちの話をしっかり聞いていた。

「……ねえ、新音の蔵、見せてよ」

沈黙を破るように、汐路が言った。

「は？　なに言うとんじゃ」

「私のも見せるから。情報は多いほうがいいでしょ」

「…………」

悪くない話だと判断したようで、新音は汐路の取り引きに応じた。

「わ、ぎっしり……」

新音に与えられた忠敬の蔵には、ずらりと並んだ棚に茶碗や皿などの器が所狭しと並んでいた。

窓から射し込む光で蔵の中は明るい。問題の蔵にはなかった電球もある。

器は桐箱に入っているもの、布に包んであるもの、剝き出しのまま重ねてあるものとさまざまで、一見すると、まるで誰かが物色したあとのようだ。

「たぶん、みな宮島焼じゃろう」

ぶち古そうじゃけど、と新音が言う。

宮島焼は、伊万里(いまり)や有田、九谷焼のような派手さ華やかさはないが、柔らかな風合いと素朴な温かみが特徴だ。意匠に使われるのは、広島の県木で安芸(あき)の宮島のシンボルでもある紅葉が多い。

お砂焼とも言い、厳島(いつくしま)神社の境内の砂を粘土に混ぜて焼き上げる、由緒正しい縁起物である。

「これ、同じのがふたつある」

汐路が気づいた。形も色もまったく同じ茶碗がふたつ、双子のように並んでいる。

「ああ、ひとつはたぶん偽(にせ)もんじゃ」と新音。

ほかにも、器の中にいくつか同じ形のものが交じっている。

「こっちのもふたつセットだ」

「それも偽もんじゃろう」

新音はそう断言する。焼き物好きだった亡母の影響で、まったくの素人よりは目が肥えているらしい。

「……人形は足りなくて、お茶碗は多い」

整が思考を巡らせる。

「『あるべきものをあるべきところへ、過不足なくせよ』……」

遺言書のお題に関係ありそうだ。

「どういうことじゃ……」

さっぱりわからん、という顔の新音。

「宮島焼の店に確認しにいこう」

汐路が器を持って扉に向かう。考えてもわからないときは行動あるのみだ。

「え？　ちぃと待てや。わしの蔵のもんで。一緒に行くけえ」

新音が慌てて汐路のあとを追おうとする。

「あの、そのまえにトイレに行っていいですか。ちょっとお腹が冷えちゃったみたいで……」

お腹を押さえつつ、整は遠慮がちに言った。

「あーもう！　そっちじゃ！　連れてっちゃる！」

ぶっきらぼうだが、新音は意外にも面倒見がいい。

「はい、すみません」

汐路とは門の前で落ち合うことにし、整は新音について先に蔵を出た。

温恭の蔵では、ゆらが青ざめた顔で立っていた。

「気持ち悪い……」

ゆらの視線の先の蔵の奥に、それはあった。

「どうして蔵の中に座敷牢なんかあるのよ」

最初に蔵を開けたときは、文字どおり背筋が凍りついてしまった。幸が気づかないうちに外へ連れ出すことができたからよかったものの……。

なんの目的で作ったのか知らないが、こんなところに監禁されたら正気ではいられなかっただろう。

冷えきった静寂の中、ありもしない気配を感じて思わず身震いする。

ともかく、お題を解く手がかりを探さなくては。

いろんなもので窓がさえぎられていて、蔵の中にはほぼ明かりがない。

ゆらは手探りするようにして、年代物の衣装簞笥に歩み寄った。

引き出しを開けると、どれだけのあいだ簞笥の肥しになっていたのか、色褪せた着物がたくさん入っている。

そこここに置いてある柳行李(やなぎごうり)や長持ちにも同じような着物が納まっているのだろうが、いくら元が高価な着物でも、虫食い穴まであっては売り物になるまい。

それに、誰が袖を通したのかもわからないし……気味悪いが、いちおう着物を引っ張り出してみる。

その拍子に、着物の間に挟まっていた何かがバサリと床に落ちた。

「手帳……？」

拾い上げてみると、それほど古いものではない。茶色い革のカバーが付いた、B6サイズのシステム手帳だ。

いったい誰がこんなものを衣装箪笥に？　それよりもまず、ここは開かずの蔵だったはず……。

中を確認してみようと、カバーのベルトを外して手帳を開く。なんだか、やけに薄っぺらい。

そのとき、ゆらの背後で物音がした。

「誰？」

おそるおそる振り返ったゆらに、想定外のことが起きた。

狩集家の門前に、一台の車が停まっている。

その車のそばに、黒っぽいジャケットをはおった男性が立っていた。

「朝ちゃん！」

家から出てきた汐路が、満面の笑みで男性に駆け寄り飛びついていく。

「汐ちゃん、久しぶり」

汐路に〝朝ちゃん〟と呼ばれた男性は、無邪気な子猫にじゃれつかれたみたいにニコニコしている。

「これさっき買ってきたんだけど、食べる？　金華楼の焼き芋」

「わーい、食べる！」

〝朝ちゃん〟は紙袋から焼きたての焼き芋を取り出すと、ふたつに割って片方を「はい」と汐路に差し出した。

アツアツの焼き芋は見るからに蜜たっぷりで、甘い香りのする湯気を立てている。

「朝ちゃんは、いっつも大きいほうをくれるね」

と汐路は目を細めた。

彼から見れば、高校生の汐路は年の離れた姪っ子みたいなものだろう。だけど同じ子供扱いでも、新音みたいに意地悪したりからかったりしない。物心ついたころから、〝朝ちゃん〟はいつも汐路に優しかった……。

少しして、トイレを済ませた整と新音が連れ立ってやってきた。

「お待たせしました」

整は、汐路がうれしそうに話していた男の人に目を向けた。ずいぶん親しそうだが、どういう関係だろうかといぶかっていると、

「こちら、弁護士の車坂先生のお孫さんでーす」

汐路がハイテンションで紹介してくれる。

「車坂朝晴(あさはる)です」

インテリふうの理紀之助とも、やんちゃそうな新音ともタイプが違う、真面目な好青年という印象。年齢はふたりの中間くらいか。

「久能整です」

整も名乗り、互いに会釈を交わす。

汐路は朝晴の腕につかまり、「初恋の人でーす」とはしゃいでいる。

朝晴はハハハと笑っているが、整はとくに興味もなければ面白くもない。

「おまえまだ弁護士になれとらんのか」

新音から直球で問われた朝晴は、「う……」と返答に詰まっている。

「弁護士さんになるんですか、やっぱり」

整が訊ねると、朝晴は苦笑を浮かべて言った。

「車坂家に生まれたら、弁護士にならなきゃいけないんですよ。真壁家に生まれたら税理士に。昔から決められてるんです」

「そうなんですか」

なんでも、朝晴の父親が病気がちでずっと入院しているので、朝晴が祖父の跡を継がなくてはならないのだそうだ。

狩集家だけでなく、車坂家も真壁家も大変そうである。

「それで開かずの蔵は開けたの？　何が入ってた？」

朝晴が興味津々で汐路に訊く。

汐路が答えるまえに、整の口が動いた。

「ホラーな人形です。『サスペリア2』で走ってくるようなやつです」

『サスペリア2』は七〇年代に公開されたイタリアのホラー映画で、猟奇殺人犯が犯行に及ぶ際、子供のからくり人形が笑いながら宙を走ってくるという、トラウマ必至のシーンがあるのだ。

「そんな大きくないでしょ」

間髪をいれず朝晴が言う。ホラーでは一世を風靡した映画なので、朝晴も観たことがあるようだ。

「朝ちゃん、ごめんね急に」

整と朝晴の会話に、今度は汐路が割って入ってきた。

「いいよ。で、行きたいとこって？」

どうやら、汐路が朝晴に頼んで車を出してもらったらしい。

整たちは、赤れんがの煙突がそばだつ宮島焼の窯元にやってきた。

ここは、亡くなった新音の母・波々壁長子が贔屓にしていた店だという。

「偽もんですね」

蔵から持ち出した茶碗を一瞥するなり、店主は言った。

「やっぱり」と新音。

店主は偽物の茶碗を持ったまま首をかしげ、考える顔つきになった。

「なんですか」

新音が訊くと、

「いえ、じつは、これと似たものを見たことがあります」

「え？」

「たしか、新音さんのお母様がお持ちになりました。弟さんと一緒になんべんかいらっしゃったときに」

「……父と？」

今度は汐路が驚く番だ。

「どうして贋作なんか持ってきたんでしょうか」

母と叔父の目的が、新音には見当もつかない。

店主の話によると、弥と長子が蔵にあった茶碗を持って店にやってきたのは、ふたりが亡くなる一年ほどまえのことだった。そして、贋作をどこで誰が作ったものかわからないか訊ねたというのだ。

本職の目から見るとその贋作はあまりにざっくりとして粗く、人を騙すために作ったのではなさそうだった。

観光客が陶芸体験できる工房がいくつかあるので、そこで作ったのかもしれないと店主は答えたという。

「その工房ってどこですか、教えてください」

新音が思わず身を乗り出す。

「それが、今はもうすべて潰れてしもうたんです」

あっけなく手掛かりが断たれてしまった。

「あの、ほかになにか言ってませんでしたか」

ガッカリしている新音の代わりに、汐路が食い下がる。

人のいい店主は、懸命に思い出そうとしてくれた。

「……ほうですね、最後にお見えになったときに……」

本物と贋作の茶碗を箱にしまって帰ろうとした弥と長子に、店主はその茶碗をどうするのかと訊ねた。本物のほうは、それなりに値のつく品だったからだ。

するると、弥はこう答えたという。

――いえ、これは持ち主に返しますので。

「持ち主？」

整は思わず汐路のほうを見た。

「……お父さんは、人形もお茶碗も持ち主に返そうとしてた？」

汐路も考え込んでいる。点と点はつながったが、その先が見えてこない。

「持ち主って誰のことじゃ」

さっぱりわからん、というように新音は天を仰いだ。

帰りも朝晴に車で送ってもらい、そろそろ日が暮れようというころ、整たちは狩集家に戻ってきた。

このまま東京に戻るわけにもいかず、流されたあげく諦観の境地に達しつつある整である。

台所では、マリとななえが夕飯作りに大わらわだった。

勝手口のある向こうの土間にはかまどや水がめなどが昔のまま残っているが、水道やガスのある板の間の台所は、おそらく戦後になって改築したのだろう。

それでも整たちの目から見れば旧式の台所で、若い人が多いからとマリはかっぽう着をつけ張りきって大量の唐揚げを揚げている。

なにせ大人数、おかずを作るのもひと仕事だ。

汐路と整も、手を洗って支度を手伝う。

「マリさんの唐揚げ、美味(おい)しいんだよねー」

香ばしい匂いに、汐路が鼻をひくつかせる。

整のようなひとり暮らしの身には、手料理というだけでもご馳走だ。

今朝マリが用意してくれた朝食も、とても美味しかった。ぜんぶ残さずきれいに食べ、整の中で野沢菜とツートップの広島菜はおかわりしてしまったほどだ。

台所のテーブルにはすでに、大量のいなりずしに牛肉と大根の煮物、海老とブロッコリーを炒めたもの、ぶりの照り焼き、サラダや酢の物などが所狭しと並んでいる。

唐揚げも楽しみ……整がウキウキして皿を出していると、

「あの、ゆらを見ませんでしたか？」

柔和そうな眼鏡の中年男性——ゆらの夫の赤峰一平が、幸を連れて入ってきた。

「知らんよ、おらんのん？」

菜箸で唐揚げをつまみ上げながら、マリが訊き返す。

みんなのぶんの食事だけでなく、ななえとふたりで掃除洗濯も引き受けているので、誰がどこでなにをしているかなんて気にするヒマもないだろう。

「まだ蔵じゃない？」

エプロンをつけてマリを手伝っていた汐路が唐揚げをつまみ食いしながら言うと、
一平は心配そうに眉根を寄せた。

「いえ、鍵は閉まってたので……携帯も置いてってるんです」

幸を残して、ゆらがなにも言わずにひとりで外出したとは考えにくい。いくら家屋敷が広いとはいえ、透明人間じゃあるまいし、誰も姿を見てないなんてことはないだろう。

「新音と理紀ちゃんにも聞いてくる」

ふたりは二階にいる。汐路は急いで階段を上っていった。

汐路が戸を開けて顔を出すと、理紀之助と新音は、散らかった部屋の真ん中で狩集家のアルバムを見ながら思い出話をしていた。

「ふたりとも、ゆらちゃん知らない？　蔵にもどこにもいないんだって」

「ええ？」

新音にも理紀之助にも、心当たりはない様子だ。

一平が庭へゆらを捜しにいったことを話すと、理紀之助は「僕も捜してみるよ」と部屋を出ていった。

「……遺品整理？」

新音たちが見ていたアルバムの中には、汐路が父とふたりで写った写真が何枚もある。

「ああ、少し手伝おう思うたんじゃけど、つい昔の写真見てしもうて。ぜんぜんはかどらん」

「そっか……」

ふたりも部屋を出て、汐路が先に幅広の階段を下りていく。

「なんかあったんかな、ゆら」

「うん、みんなで手分けして捜しにいったほうが……わっ！」

ふいに汐路が足を滑らせた。

「汐路!?　うわあああっ！」

すぐ後ろにいた新音も足を滑らせ、ふたり仲よく一気に下まで階段を転がり落ちる。

階下で食事の用意をしていた整たちが、物音と叫び声を聞いて台所から飛び出してきた。

「汐路！　新音！　大丈夫!?」

真っ先に駆け寄ったななえに、汐路が顔をしかめながら「だ、大丈夫」と片方の手を上げる。

「あーいったー……なんか滑った」

新音は腰をしたたか打ったようだ。

汐路が立ち上がって階段を確認すると、ぬめりのある液体が指先に付着した。

「これ……油？」

「え？」

ピンと来ないらしく、新音は目をぱちくりさせた。

「誰!?　こんなことしたの。誰よ！」

汐路がすごい剣幕で怒鳴る。

「ええ!?　ちょい待てや、そがいなことするか？」

新音もやっと思い至った。誰かが故意に階段に油を塗ったと、汐路は考えているのだ。いくらなんでも、疑(うたぐ)り深(ぶか)すぎやしないか。

信じられない様子の新音に、汐路は怒りを抑えた低いトーンで言った。

「上がるときは大丈夫だった」

「えっ……」

先に部屋を出たのは、ゆらを捜しにいった理紀之助だ。二階には、ほかに誰もいなかったはず。とすれば、階段を使ったのは理紀之助ただひとり――。

「じゃあリッキーが!?　まさか！」

「だって今朝も、誰かがわざと植木鉢落として、私の頭割ろうとしたんだよ!」

「ええ!?」

なにも知らされていなかったななえの顔から、みるみる血の気が引いていく。

「いったい誰がそんなこと……」

母親の言葉に、汐路がハッとして新音を見やる。

「……なに」

汐路から険のある視線を向けられた新音が、戸惑った顔で視線を返す。

「あのときどこにいた?」

「は?」

一同が新音に注目する。

「新音がやったんじゃないの?」

「はあ!?　いやいやいや、わしじゃないで!」

「じゃあ新音じゃなきゃ誰なのよ!?」

「そんなん知るか!」

ふたりが言い合いをしているあいだ、整は階段に残った油を指でさわって黙考していた。

そんな整に気づき、汐路が鋭く言い放つ。

「だから言ったでしょ。殺し合う一族だって」

場は静まり返り、不穏な空気が漂う。

皆の心境を反映してか、暖房の効いた部屋までが冷え冷えと感じられる。そのせいというわけではないけれど、せっかくのマリ特製唐揚げもすっかり冷めてしまった。

夜の帳(とばり)が下りた雑木林では、一平が懐中電灯で辺りを照らしながら妻を捜していた。

「ゆらー！　ゆらー！」

呼べども呼べども返事はなく、一平の声は虚(むな)しく静寂に吸い込まれるばかりだ。

「一平さん！」

理紀之助が、息を切らして一平を追ってきた。

「理紀之助さん、どうもすみません」

「いや、どこにおるんかのう」

「こんな時間まで連絡がつかないなんて、今まで一度もなかったんです」

不安そうに周囲を見回していた一平が、ふと何かに目を留めた。

「あれ……」

そばに行って屈み込み、木の根元からそれを拾い上げる。

「……！」

蔵の鍵だ。しかも、ゆらに与えられた、温恭の蔵の。

「なんでこんなところに……」

動揺を隠せない一平に、理紀之助が無言で胸騒ぎを伝える。

ふたりは慌てて温恭の蔵に駆けつけた。

「ゆら！　ゆら、いるのか!?」

中に向かって大声で呼びかけながら、一平がもどかしそうに鍵を蔵戸錠の穴に差し込む。

見守る理紀之助も切迫した表情だ。

「ゆら！」

扉を開け、中に向かって名前を呼ぶが返事はない。

恐る恐る足を踏み入れた一平が暗がりに懐中電灯を向けると、古い着物を何枚も羽織ってうずくまっている不気味な人影が光の中に浮かび上がった。

「……遅い!!」

いつまでたっても誰も捜しに来ず、体の芯まで冷えきってしまったゆらが、キッとふたりをにらみつけた。

蔵の中は暖かいと言うけれどそんなことはなく、そのうえ汚れるからとコートを外に置いてきてしまった。気持ち悪かったが背に腹は代えられず、箪笥から古い着物を引っぱり出したのだ。

おかげでゆらは、かろうじて正気を保っていられたようである。


主屋の居間で毛布にくるまり、震える手で温かいコーヒーを飲みながら、ゆらは蔵に閉じ込められた経緯を話した。

「誰かが扉を閉めたのよ」

背後の物音に振り向くと、開け放しにしていた扉が今まさに閉じようとしているところだった。

うかつにも、鍵を扉に差しっぱなしにしてあったのも災いした。

ちょっと待って閉めないでと叫びながら扉に駆け寄ったが、一瞬遅かった。ゆらの目の前で扉の錠が閉まり、蔵の中は真っ暗になってしまった。

「わざとよ。私が中にいるのを知っててね。誰がやったのよ！」

つかみかからんばかりの形相で、三人のいとこたちをにらみつける。

「わしじゃないで」

先ほど汐路に疑われた新音が、真っ先に身の潔白を訴える。

「私は今日ずっと整くんと一緒だった」

確実なアリバイを主張する汐路。

「誰か知らないけど、このままじゃ済まさないからね！」

だが、怖い思いをさせられたゆらはカンカンだ。

「しらばっくれとるけど、おまえなんじゃないん？」

新音が理紀之助に疑惑の矛先を向けた。

「僕が!?　まさか！」

「さっき、わしら階段から転げ落ちたんじゃ。誰かが油塗っとったけぇ滑ってのぉ」

「え、そうなの!?」

コーヒーを飲もうとしていたゆらが手を止め、カップを持ったまま目を丸くする。

「リッキー、先に下りるふりして塗ったんじゃろ」

「そんなことするか！　だいたい僕がゆらを閉じ込めたんなら、わざわざ助けたりせんじゃろ」

理紀之助の反論を、ゆらがフンと鼻を鳴らして一蹴する。

「助けてくれたのはうちの人でしょ。鍵見つけられて、しかたなくついてきたんじゃないの？」

「冗談じゃない、言いがかりにも程があるわ」

ふたりから一方的に犯人扱いされ、理紀之助は苛立ち（いらだ）を隠せない。

「じゃあ、理紀の蔵も見せてよ」

ゆらが言う。

「は？」

「私の蔵も見たんだから、不公平でしょ」

「それとこれとは話が違う」

理紀之助は、あまり自分の蔵を見せたくない様子だ。

「ほらやっぱり！　そんなに勝ちたいわけ!?」

「信じてほしけりゃ蔵ん中見せえや！」

逃がすかとばかりに、ゆらと新音が追い詰める。

理紀之助は、観念したようにため息をついた。人間は理屈でなく、感情で動くものだ。

「……わかった。明日見せるけ」

そう言って、コートを手に取り部屋を出ていく。

「約束じゃけ、逃げんなよ！」

新音が、理紀之助の背中に釘を刺す。

昨今、親戚づきあいは冠婚葬祭のみという家も少なくないが、狩集家のような旧家では一族郎党がひんぱんに集まり、まだ子供の立場だったいとこ同士はそれなりに仲が良かった。

そう、八年前のあの事故までは……。

以来、関係はぎくしゃくしたまま、社会人となり家庭を持てば、さらにつき合いは疎遠になっていく。

そして今、四人は遺産相続争いの当事者となり、いやおうなく毎日顔を突き合わせることになった。

それぞれ複雑な心境であろうことは、想像に難くない。

「私ももう帰るわ」

険悪な空気に嫌気が差したのか、ゆらが一平を促して帰り支度を始めた。幸はとっくに夢の国だ。

新音も無言で立ち上がった。

——殺し合う一族。

整の脳裏に、汐路の言葉がよみがえる。

見ると、汐路は表情のない顔で黙り込んでいた。

翌朝、整の部屋の襖が勢いよく開いた。

「おはよう整くん！」

朝から元気フル稼働の汐路がずかずか中に入ってくる。

「!?」

整はぎょっとして布団から飛び起きた。

「洗濯物ない？」

あろうことか、枕元にキチンとたたんで置いてある整の衣類に手を出そうとする。

整は慌てて自分の衣類を抱え込んだ。

「いや、結構です。ノックしてください」

いきなり寝室に入ってくるなんて、人としてどうかと思う。

「どうせみんなのも洗うから、もらってきてってママが」

「いや、結構です」

「遠慮しなくていいよ」

拒否というより拒絶に近い勢いだったが、

「どうして拒否もＯＫも〝結構です〟なんだろう日本語って、結構です！」

「照れなくてもいいじゃん、ほら渡して」

汐路にはまるで通じず、無理やり整から衣類を奪おうとする。

「いえ、遠慮でも照れでもなくて嫌なんです！　本当に嫌なんです」

必死の防戦に、汐路はようやく手を止めた。

「自分の汚れものをよく知らない人に託すとか、ただただ恐怖です」

守り抜いた衣類を抱きかかえ、決して奪われまいぞという強い意志を示す整。

「親切で言ってるのに」

汐路はちょっと口をとがらせた。

「悪意で言ってないのはわかってます。でも問題はそこじゃないんで。こっちが嫌なら、それは迷惑なことなんです」

「めんどくさいなぁ」

その気持ちを最大限表すためであろう、イヤミったらしい薄目で整を見る。

「お互い様では」

整も目をすぼめてやり返す。

「じゃあ朝ごはん食べて、理紀ちゃんの蔵に行こう」

汐路は頭の回転も速いが、気持ちの切り替えも早い。

そしてまた、遺産相続戦争の再開である。


理紀之助が、蔵の扉を開けた。

「どうぞ。明聡の蔵へようこそ」

気乗りしない様子の理紀之助に促され、ゆら、新音、汐路、最後に整が中に入っていく。

蔵の中に外光が射し込み、目を凝らすと、中にあるものが見えてきた。一族の記録だろうか、木棚には、くずし字で書かれた巻物や古文書がたくさん積んである。

薄暗い蔵の奥へ視線を向けると、古色蒼然とした仏画の掛け軸の前に、何やら人の形のようなものがぼんやりと……。

「ぎゃあー！」

新音が大音量で恐怖の叫び声をあげた。

「うわぁ、キモッ」

この場合、汐路の言葉のチョイスは正しいと言えよう。

蔵の中にあったのは、蜘蛛の巣とホコリにまみれた、おどろおどろしい甲冑(かっちゅう)なのである。だがこんな甲冑と同じ形容をされた整としては、あまり気分はよろしくない。

新音が顔を引きつらせ、こわごわ近づいていく。

「なにがイヤじゃゆうて、髪の毛がからみついとるとこが……」

手入れのされていない甲冑はボロボロで、兜(かぶと)の髪の毛だけがやけに生々しい。

「髪の毛ほど、どこにあるかによって好悪が分かれるものってないですよね。頭についてたらキレイって言われるのに」

常々思っていることを口にすると、整はふと汐路たちを見回した。

「そう言えばみなさん、直毛一族なんですね」

気になったことも、口に出さずにはいられない整である。

「え？　そうでもないよ。うちのパパは天パだった」

そうだった。汐路が見せてくれたスマホの写真で、きょうだいの中でひとりだけ髪がくるくるしていた。

「幸もそうだよ」

ゆらはストレートヘアだが、幸の巻き毛は天然ものだったか。

「亡うなった母ちゃんもストパかけとったのお」と新音。

なるほど、聞いてみなければわからないものだ。

理紀之助が「僕もストパ」と自分の髪を指す。

「へえー、僕もストパには憧れるんですが、勇気がなくて……」

整の天パヘアは放っておくとボワボワに広がって爆発したみたいになるので、定期的に美容院でボリュームダウンしてもらうのだが、失敗したときのことを考えると、いまだストパのスの字も口に出せずにいる。

「一瞬、すごいサラサラになるよ」

「サラサラに！」

食い気味に反復する。整にとって、〝サラサラ〟は個人的ナンバーワンパワーワード、いやパワーオノマトペなのだ。

整に至近距離でジロジロ髪を見つめられて、理紀之助は若干引き気味になっている。

そのとき、周囲を見回していた新音がゲッと低いうめき声を漏らした。

抜け落ちそうな床に、錆びて腐食した刃物が散乱しているではないか。

「おい、こりゃあ刀か？」

鞘(さや)のついた日本刀を拾い上げた新音が、力ずくで抜こうとする。

次の瞬間、鞘がバキッと音を立てて砕けた。

「わぁ！」

もとは良質の朴材(ほおざい)だったのかもしれないが、きちんと保管されていなかったためにほとんど朽ちかけていたらしい。

「危ないけえ、やめんさい」

理紀之助が語気を強めた。うっかり手を切って細菌に感染でもしたら大変なことになる。死に至る可能性だってあるのだ。

「たぶん、血液がついたまま放(ほ)ったらかして錆びたんじゃろう」

「うえ、まさか人を斬ったんか!?」

怖気立(おじけだ)っている新音に、理紀之助が言った。

「人の血液かどうか、調べりゃわかる思う」

簡単に言うが、科捜研に知り合いでもいるのだろうか。整の疑問を察したらしく、

「理紀ちゃんは病院で組織検査とかしてる人」

汐路が教えてくれる。

「わ、すごい」

いわゆる臨床検査技師、という職業だろう。大学の教育学部に在籍する整には、未知の分野だ。

「こんなもん見たら汐ちゃんが怖がるじゃろうけ、見せとうなかっただけなんじゃけど」

昨夜、ゆらと新音からよからぬ疑惑をかけられたことを、理紀之助は少々根に持っているらしい。

「どうじゃろうのぉ。信用できんわ」

新音がまた、よけいな波風を立てる。

「ええかげんしつこいで、新音。そんなに僕に罪をなすりつけたいんか？」

「はあ!? ふざけたこと抜かすな、おまえが犯人じゃろうが！」

そこでゆらが、皮肉めいた顔つきで新音に言った。

「そういうあんたが鉢植え落としたんじゃないの？」

「うるさい、ゆらは黙っとけ！」

「なにその言い方、うるさいのはそっちでしょ！」

今度は新音とゆらの言い争いになる。もはやただの口ゲンカだ。

「じゃけえ、すぐキンキン声出すなって！」

「そっちが怒鳴るからよ！」

口論が激しさを増したそのとき、幼い声が割って入った。

「ママー、ケンカしないでー」

一同が振り向くと、幸が今にも泣きそうな顔で戸口に立っている。

「幸、蔵に来ちゃダメって言ったでしょ」

ゆらが慌てて幸を連れていく。

幼い娘にくだらないケンカを見られたのもきまりが悪いが、母親としては、不気味な甲冑や刃物なんかを無垢な瞳に刻みつけたくはない。

理紀之助と新音も互いに目を合わせず、気まずそうにしている。

整がふと見ると、汐路はまた能面のような無表情で黙りこくっていた。


とにもかくにも、これで四つの蔵がすべて開いた。

人形や茶碗なら、蔵にあっても別段おかしくはない。

座敷牢はどうか。私的な理由で誰か——たとえば時代劇などでは、世間体の悪い放蕩息子や精神を病んでしまった者などを監禁するために使われたりするが、自由を奪い、外部と接触させせないようにしなければならない人物が、狩集家にいたのだろうか。

そして、血がついたらしき刃物の数々。太刀だけでなく、鉈（なた）や小刀もあった。

「人形、茶碗、座敷牢、刀。なにがなんだかわからないですね……」

庭を主屋に向かいながら、整はつぶやくように言った。

聞こえていないのか、前を歩いている汐路は、なにやら小さく鼻歌をうたっている。

ぶんぶんぶんぶん——懐かしい童謡の楽しげなメロディーが、整の耳に届いた。

「………」

コインランドリーに行くまえに、二つ三つ、済ませることがありそうだった。

月のかかった夜の庭は、そこここに魔物や妖異が潜んでいそうだ。

その実体はたいがい植え込みや庭石で、幽霊の正体見たり枯れ尾花、ということになるのだが。

だが今夜、池のほとりにうずくまっているのは、れっきとした人間である。

その人物は、手袋をした手で鞘から短刀を抜き出した。

池に張り出した、出島の一角。古い血液が付着した刀身が、月光を浴びてギラリと光る。

柵と池のあいだの地面に刃先を上にして短刀の柄(つか)を埋め込むと、続いて柵の根元をシャベルでザクザク掘り返しはじめた。

「その柵にもたれたら倒れて、投げ出されたところに錆びた短刀があって、グサリ……ですか」

いつのまにか、整が後ろに立っていた。

柵がグラグラしていて危ないと言ったのも、この計画のために布石を打ったのだろう。

ギクリとして動きを止めたその人に、整は言った。

「そこまでやっちゃダメです……汐路さん」

シャベルを手にした汐路が、顔を上げて振り向いた。

「ゆらさんを閉じ込めたのも、階段に油を塗ったのも、あなたですよね」

夕方ゴミ捨て場に行って確認したところ、不燃物入れのポリバケツの中に、植木鉢の残骸と細くて透明な糸がひと巻き捨てられていた。

「落ちてきた植木鉢と、釣り糸みたいなのが一緒に捨ててあった。それで引っぱって落としたんですよね」

汐路は黙っている。

「つまり、自作自演だったんです」

「……なんのこと？　意味わかんない。ね、お茶飲みにいかない？」

しらばっくれようとするが、整はごまかされない。

「汐路さん、僕はガードするためにあなたをずっと見てたんです」

汐路は昨日、ずっと整と一緒にいたと主張したが、そうではない。忠敬の蔵で茶碗を見たあと、整は新音についてトイレに行った。汐路を蔵にひとり残して……。

「僕らがトイレに行ったあと、朝晴さんと会うまでひとりの時間があったし」

階段に油を塗ったのは、理紀之助たちを呼びにいったときだ。

「二階へ行くとき、階段に手をつきながら上っていたのも見てました」

それまで台所で揚げ物をしているマリの手伝いをしていたから、食用油を手に入れるのは簡単だったはず。

「……カン違いじゃない？　あー疲れた。お好み焼き食べにいかない？」

整の顔を見ないようにして早口で言う。

口元に無理やり笑みを浮かべているが、本当は動揺しているはずだ。いくら大人びて見えても、たった十六歳の女の子なのだから。

「聞いてください、汐路さん」

見逃してはいけない。

「もーそんな怖い顔して。じゃあ証拠は？　証拠あるなら見せてよ」

見逃したら、汐路のためにならない。

「聞いてください。はぐらかさずに、逃げずに、いいかげん、聞いてください」

いつにない強い口調に驚いたのか、汐路は作り笑いを引っ込めて口をつぐんだ。

「ドラマとかでもそうです。証拠を出してみろとか言うのは、たいてい犯人です。無実の人はそんなこと言わないと、僕は常々思っています」

「…………」

「さっき、お母さんに話を聞きました」

夕食後の台所で、ななえは後片づけの手を止めて教えてくれた。

汐路は父親が大好きで、父親も汐路をとても可愛がっていたこと。

八年前の事故直後、通夜の場で、ななえと汐路がほかの遺族から責められたときのこと。

――どういうことですか！

――いったいどう責任取ってくれるんですか！

――おまえの親父のせいじゃ！　おまえの親父のせいで母ちゃんが！

理紀之助の母親やゆらの父親、そしてまだ高校生だった新音は、手をついて謝罪するななえと石のように固まっている汐路を激しくなじった。

――違うよ！　パパが悪いんじゃないもん！

父への非難に耐えられなくなった汐路は、泣きながら懸命に弥をかばったと言う。

「きっと認めたくないんだと思います。大好きな父親の居眠り運転で、そのきょうだい全員を死なせてしまったということを……」

ななえは、切なそうに言った。

「居眠り運転での事故じゃなく、遺産争いで殺し合ったと思いたかったんですか」

ポーカーフェイスに戻っていた汐路の表情が、かすかに揺れた。

「争って殺されたと思うほうがラクなんですか、汐路さん。一族はずっと殺し合ってきたと思いたいですか」

　整がしゃべるのを、汐路は黙って聞いている。

「鉢が落ちてきたときも、階段から落ちたときも、あなたは芝居がかってました」

　シナリオどおりに、舞台の上で声を張りあげる役者のように。

「そして今日は、ものすごく上機嫌でした」

　いとこたちの決裂を案じるどころか、汐路は浮かれたように鼻歌をうたっていた。

「作戦がうまくいったから。みんなが殺し合いが起きてると思ってくれたから……。これでお父さんも、きっと事故じゃなかった、そう思ってもらえるから」

　汐路が整を雇ったのは、もしかしたら心のどこかで、それを見とがめてほしかったからかもしれない。

「汐路さん、我路くんはあなたを止めたかったんだと思う。本当に人を殺してしまうまえに……闇があるのは一族じゃなくて、あなたです」

　そして我路が整を汐路のボディーガードに推薦したのは、誰かの暴力から守るためでなく、汐路自身の闇から守ってほしかったからかもしれない。

　ポーカーフェイスは完全に崩れ、汐路はイタズラが見つかった子供のような、今にも泣きそうな顔になった。

「……だって、おじいちゃんはいつも言ってたよ。殺し合う一族なんだ、自分もそうしたって。おまえも必ずそうなるって」

「どうしてそんなことを子供に……」

整はがく然とした。虐待ではないか。体を傷つけなくとも、汐路の心には大きな傷が残っただろう。

「セメントが固まるまえに、あなたは何を落とされたんだろう」

「………」

「汐路さん、お父さんは事故だったんじゃないでしょうか。もしそうじゃないとしても、あなたはこれ以上、なにかしちゃダメです」

涙をこらえるためか、汐路は無言のままうつむいた。返事はなかったが、きっとわかってくれたはずだ。

そのとき、整の後ろで砂利を踏む音がした。

振り返ると、新音とゆら、理紀之助が立っている。ななえの話あたりから、整と汐路の会話を立ち聞きしていたらしい。

「汐路、あんとき、おまえら責めて悪かった……いくらなんでもあれは言い過ぎじゃったわ」

新音がすまなそうに言った。自分の過ちを素直に認められるのは、単純明快な性格ゆえの美点だ。

「でも汐ちゃん、蔵の扉を閉めたのはひどいよ」

軽くにらんで汐路をたしなめるゆら。

「まあ、でも子供はイタズラするもんだから」

許すわよ、と遠回しに伝える。一見クールそうだが、幸の大好きなママは、じつは誰より愛情深い人なのだ。

理紀之助が「そうだな」とゆらに同意し、汐路が土に刺した短刀を抜いて鞘に納めた。

「汐ちゃん、この短刀は返してもらうけえね」

ひどいケガをしたかもしれないのに、理紀之助は汐路を咎めるでもなく、いつもどおりに接する。

「もうすなよ。ええか？」

新音に念を押され、汐路は涙ぐみながらこっくりうなずいた。

事故以前のいとこたちは、きっとこんなふうだったのだろう——整は黙って四人を見守った。

相続人候補間の争いも、ひとまず解決したようだ。

ほっこり安心したところで、

「あの……みなさんはなんでここに」

整は疑問を口にした。三人そろって夜の散歩というわけでもないだろう。

「いや、あんたに話があっての。捜しとった」

新音が言う。

「え、僕？」

話を聞いてくれない一族が、整になんの話があると？

「あんた最初に、みんなで話そう言うたじゃろ。あれなにを話す気じゃったんか」

「もうね、幸の前でギスギスしてるのがイヤだから、なにかできることはないかと思って」

新音もゆらも、おまえは関係ないだの引っ込んでろだの言ってたくせに調子のいい……と思わないでもないが、これを逃したらもう話を聞いてもらえるチャンスはないかもしれない。

「……みなさん、ホラー映画とか観ます？　殺人鬼ものとか」

「は？」

「あれで問題なのって、みんながバラバラになることなんです。全員一緒にいれば防げることもあるのに、なぜかバラバラになって、ひとりずつ殺されるんですよ」

「はあ……」

話の行方がわからず、一同はポカンとしている。

整はしゃべりたいことが多すぎて、往々にして回りくどくなってしまうのだ。

「だから、みんなで協力しませんか、という話をしたかったんです。もしみんなを殺して財産を独り占めしたい、とか思ってるんでなければ」

「そがーなこと誰も思うとらんわ」

心外そうに言う新音。

理紀之助が「ああ」と新音に同意し、

「正々堂々、謎解きだけすりゃええゆうことじゃね。よかった」

と微笑む。

「じゃ、誰が勝っても恨みっこなしってことで」

ゆらが締めくくった。

整が目をやると、汐路はうなだれたままでいる。

気にはなるが、何日も大学を休むわけにはいかない。

「汐路さん……僕、明日の朝帰ります」

そうすれば、午後の授業に間に合う。

「……うん」

覇気のない声が返ってきた。

「さ、行こう。風邪ひいちゃう」

ゆらが汐路の肩を抱いて促し、一同は主屋に戻っていった。

洗濯を終えた整は、コインランドリーを出た。

夜空を見上げてフーッと息をつき、衣類の入った布袋を無意識にぐるぐる振り回しながら川沿いの道を歩いていく。美術展でマグネットと一緒に買ったゴッホの絵柄の袋が、まさかこんな所で役に立とうとは……。

ややあって、整ははたと気づいた。なんで袋を振り回してしまうんだろう。ケーキの箱でもついやってしまう。買うのはたいがい一個だから、見た目を気にしなければ味は変わらないんだけど。

歩きながら、うなだれている汐路の姿が、ふいに思い出された。

「……なんかスッキリしない。悪いことしたかな」

後ろ髪を引かれるような思いでつぶやいていると、後ろから急にヘッドライトが差した。立ち止まって振り返ると、一台の車がライトをハイビームにして停車している。

次の瞬間、車が急発進し猛スピードでこっちに向かってきた。

「えっ」

まぶしくて運転手の顔は見えないが、向こうは整の姿が見えているはずなのに、スピードを緩めるどころか、ぐんぐん迫ってくるではないか。

まるで整をひき殺そうとしているかのように……。

そう思った刹那、ガッと車体が寄ってきた。

「あああ――――！」

危機一髪で車を避けたものの、バランスを崩した整は体勢を立て直せず、そのまま冷たい川に背中からダイブした。

「ホントに川に落ちてやんの。もうお風呂に入るしかないね。ざまあ！」

玄関でガタガタ震えている濡れネズミの整に、はんてんをはおった汐路がいつもの調子で憎まれ口を叩く。

「え……」

表面上はすっかり元どおりである。ひとまず安心したが、問題は整のほうだ。風呂……嫌でも入るしかない。体を温めないと、東京に帰るまえに肺炎になってしまいそうだ。

「くつじょく……」

湯船につかり、大きくため息をつく。

「あの車、わざわざ突っ込んできたように見えた。気のせい？　たまたま？　なんで僕に？」

車はそのまま走り去っていった。何度も思い返してみたが、やはり暴走車でも、運転ミスでもない。

「警察に言うべきか、でもナンバー見てない……これは目撃者が狙われるパターン。何も目撃してないのに。じゃあ核心に近づいた？　なんの？　なんで？　誰が？」

ブツブツ言いながら頭の中を整理していると、ドア越しにななえの明るい声がした。

「整さーん、パンツMサイズでいいかしら」

「は!?」

「ここに置いておくので使ってね」

新音たちが泊まるときのために、新しい下着を買い置きしてあるらしい。そのうえ、濡れた衣類も洗濯してくれているという。

「あ……すみません……」

パンツ……嫌でも好意に甘えるしかない。コインランドリーで洗った下着も、川に落ちて濡れてしまったし。

「くつじょく……」

もじゃもじゃ頭が、ぶくぶくと湯の中に沈没した。

風呂から上がり、礼を言おうと整がななえを捜していると、ななえは二階の部屋でひとり遺品整理をしていた。

「……ありがとうございました」

遠慮がちに声をかけると、ななえは顔を上げてニッコリした。

「いいえ」

「アルバム、たくさんありますね」

「ええ……いつだったか、法事があって。そのとき、写真がぜんぜん整理されてないことに夫が気づいて、アルバムにまとめたのよ。几帳面(きちょうめん)な人だから」

懐かしそうに、愛(いと)おしそうに、ななえの指先がアルバムにふれる。

「………」

「汐路の小さいころのもあるわよ。見る？」

「いいんですか」

「もちろん」

部屋に入り、差し出されたアルバムを受け取ってページをめくっていく。

弥の性格を表すように写真は曲がりも歪みもなくきっちりと貼ってあり、おそらく年代順に、一族の目に見える歴史が刻まれていた。

古いものはむろん白黒写真で、それより年を経たものは黄ばんでセピア色になっている。ひとりで、親子で、夫婦で、きょうだいで、家族みんなで、友人や親類同士で。それはポートレートだったり集合写真だったり街中でのスナップショットだったり、いろんなシチュエーションで撮影されていた。

「この家は血族意識が強くてね。血は水より濃い……ってやつかしら」

「それ、僕いつも思うんですけど、血液が水より濃ゆいのは当たり前で、そのますぎて、もっとほかに水じゃなくて何かたとえるものがなかったんだろうかって……」

アルバムをめくりながら話していた整は、ふいに口と手を止めた。

それぞれの写真の下に血縁の者たちの名前が記されており、その中に×印がついているものがある。

「このバツはなんですか」

「ああ……それ、早くに亡くなったかたです。お義父さんの兄弟で」

「ケンカして海に落ちたっていう？」

「そうです」

「こっちにも×印……どうして早くに死んだ人に印を？」

「さあ……」

整はしばし考え込み、ふとアルバムに目を戻して、丸メガネをかけた天パの男性の写真を見つけた。

「これが、汐路さんのお父さんですよね」

「ええ」

その写真をじっと見つめたあと、×印がついた人物の写真を順に見ていく。

ダンディーな洋装の男性。妙齢の着物の女性。名前の後ろに×のついた人たちが、一ページにつきひとりかふたりはいる。

「……！」

基本無表情なのでわかりづらいが、整の顔つきが変わった。

「すみません、アルバム、ちょっとこのままで」

言いながら慌てたふうに立ち上がる。

「はい？」

ぽかんとしているななえを残し、整は急いで部屋を出ていった。

「汐路さん、汐路さん、起きてますか」

せわしなく部屋をノックすると、襖が開き、すでに寝ていたらしい汐路が不機嫌そうな顔を出した。

「まだなにか？」

「すみません、僕、まちがってました」

「……？」

「あなたのお父さんは、やっぱり殺されたのかもしれません」

「え……」

眠そうだった汐路の目が、冷水を浴びたようにぱっちり見開かれる。

「おじいさんの兄弟と、さらに昔の人たちもです。でも、その理由は遺産争いじゃない」

もはや大学の授業は頭から消えている。

「どういうこと？」

「みなさんに招集かけてください」

明日もまた、東京に帰れそうにない整であった。

2

会話を邪魔しない音量で交響曲が流れる二階席に、一階にある洋菓子店から甘い香りが漂ってくる。レトロなステンドグラスの窓ガラスには、色鮮やかな幾何学模様が光に浮かび上がっていた。

翌日の昼間、市街地にある喫茶店に、汐路が招集をかけた狩集家遺産相続人候補たちが顔をそろえた。

いとこたちのほか、汐路が特別に呼んだオブザーバーもひとり。なんでも相談できて、力になってくれる兄のような存在――朝晴だ。

汐路は子供のころから、しょっちゅう朝晴に電話していろんな話をしていたらしい。

そんなに頼りになるなら、最初から整ではなく朝晴に助けてもらえばいいものを――と思わなくもないが、ジャッジ側の人間だからと汐路は妙なところで律儀なのである。

「まずこの写真を見てください」

整は、狩集家のアルバムから抜き出してきた写真を数枚、テーブルの上に並べた。

「……？」

理紀之助と新音、ゆらがけげんそうに写真を覗き込む。

どれも個人の写真で、カラー写真だけでなく、ずいぶん古いモノクロのものまである。

「これって……」と、ゆらが整に視線を移す。

「みなさんのご先祖です。全員、遺産争いでケンカして命を落としたり、もしくは事故で早くに亡くなった人たちです」

「それが、なに？」と理紀之助。

すっきりした顔立ちと細身の体型に、シックな服装がよく似合っている。

「よく見てください。共通項があると思いませんか」

「共通項……？」

理紀之助がもう一度、写真をまじまじと見る。

「男も女もおるしのお」

写真を両手に持って見比べている新音は、驚いたことにかっちりしたスーツ姿だ。

なんとなくスポーツトレーナー的な仕事を想像していたが、新音は不動産関係の会社員で、外回りを抜けてきたらしい。

「年もバラバラみたいだし……」

ゆらは上質そうな青いタートルネックのセーターを着ている。お母さんというより、デキるキャリアウーマンという感じ。

三人とも目を皿にしているが、写真の先祖に共通しているのは人間であるということ以外に見当たらず、首をひねるばかりだ。

「みんな、天パなんです」

突拍子もない整の言葉に、一同は一瞬、固まった。

「……は⁉」

新音がギョロッと目を剝く。

「髪が天パで明るい色で、肌も白くて全体的に色素が薄くて、外国人っぽい」

「いやちょっと待って。容姿が共通項？」

理紀之助が整の話をさえぎった。

「はい。ほかのご先祖の写真も見ましたが、長生きした人はみんな直毛で黒々としてます」

「……だから？」

ゆらの声には棘(とげ)があったが、構わず整は続けた。

「つまり、ある特定の容姿を持った人たちだけが消されてきたんじゃないかと。遺産争いに見せかけて、もっと別の理由が隠されてるんだと思います」

一拍の間のあと、

「……いやいやいや」

理紀之助は苦笑いしながら、小さくかぶりを振った。

新音とゆらも、

「なんじゃそりゃ、そがいなわけないじゃろうが」

「そうよ。バカバカしい」

と整の話にまったく取り合おうとしない。

そのとき――。

「……パパもそう」

ずっと無言だった汐路が、おもむろに口を開いた。

「髪がくりくりで、色白で、外国人っぽい」

汐路の真剣な表情に動かされたように、三人は改めて写真を見た。

髪が天パで明るい色で、肌も白くて全体的に色素が薄くて、外国人っぽい。

モノクロの写真でも色の濃淡はなんとなくわかり、なるほど、どの人物も整の言った特徴を兼ね備えている。

三人にとって叔父にあたる、汐路の父・弥の写真もある。

どんなイタズラをしても笑って許してくれる、優しい叔父だった。

「……嘘でしょ。本気で言ってるの……？」

そう言いつつも、ゆらは半信半疑よりは、やや信じるほうにメーターの針が振れているようだ。

「汐路さんのお父さんは、写真の整理をしてて、この共通項に気づいたんだと思う。そして自分もそのカテゴリに入ると思った。戦慄したでしょうね」

写真の名前につけられた×印。最初は深く考えていなかったかもしれない。けれどそれに気づいたとき、弥はどんな気持ちであの×印をつけただろう。

「だから姉の、新音さんのお母さんに相談した」

「えっ」

突然、自分の母親が出てきたので、新音は目を瞬かせた。

「なぜかわかりますよね」

「……天パじゃけえ？」

亡うなった母ちゃんもストパかけとったのお――新音はそう言った。

「きっとそうです」

「………」

新音は、母親から聞いた話を思い出した。

写真では黒髪だが、長子の髪は、生まれつき明るい茶色だった。学生時代は、先生に叱られるほどの。

嫌な記憶を思い出したくないのか、そのころからずっと、大人になっても髪を黒く染めていたという。

「とにかく、まず一族の歴史でも探ろうと、ふたりで調べはじめたんだと思います」

弥と長子は、おそらく父親の幸長の部屋から、こっそり蔵の鍵を持ち出したのだろう。

「そして、あの四つの開かずの蔵を、おじいさんに内緒で開けてみた」

ふたりは、忠敬の蔵で本物と偽物、同じ型のふたつの茶碗がいくつかあることに気づいた。

「そこで見つけたお茶碗に、なにか引っかかるものを感じたのではないでしょうか」

「それで、宮島焼の店に話聞きにいったんか」と新音。

「おそらく」

店主は、偽物のほうは観光客が体験できる工房で作ったのかもしれないと弥と長子に教えたと言った。

「もしかしたらその工房へ行って、贋作を作った人のことがわかったのかもしれない。次にその人に会いにいった、かもしれない」

新音は再び思い出す。長子はある時期から亡くなるまで、毎日のように出歩いていた。誰とどこに行ったのかも教えてくれない。だから、家族をほったらかしにして遊び歩いているものだとばかり思っていた。

「たぶん、そのあと、理紀さんのお父さんと、ゆらさんのお母さんも誘った」

理紀之助とゆらは、じっと整を見つめている。

「そして四人でさらに調べていった結果、何かを突き止めた。それは……誰かにとって都合の悪いことだった」

一同、固唾を呑んで整の言葉を待つ。

「だから、四人は事故に見せかけて、殺されたんだと僕は思います」

「!!」

八年間、事故で亡くなったと信じていた親が、殺人事件の被害者だった……?

衝撃と困惑で、場がシーンと静まり返る。

「……殺されるって、誰にじゃ」

新音がやっとかすれた声を押し出した。

「誰に……かは、わかりません。すみません」

「おい、そがいなこと、昨日今日会うたような人間が簡単に言うてええことじゃないで！」

テーブルを叩いて立ち上がり、吠えるように整を責め立てる。

確たる証拠もなく、親が誰かに殺されたと言われれば、気分を害するのもわからなくはない。そもそも、天然パーマで色白の者だけに死神が訪れるなどという、雲をつかむような話なのだ。

「いや、僕はその話、支持したい」

朝晴が、初めて会話に入ってきた。

「僕もあの事故は疑問に思ってた。汐ちゃんのお父さんは慎重で真面目で、規則正しい生活をしてる人だったから。きょうだい三人を乗せてるのに居眠り運転なんて、考えられない」

朝晴が父親を擁護してくれたので、汐路は感激して涙ぐんでいる。

そんな汐路とは対照的に、新音は気まずそうな顔で押し黙った。弥がそういう人間だということを知っていたにもかかわらず、事故直後は頭に血が上り、年下の従妹に向かって一方的に責任を問うた負い目があるからだ。

汐路が朝晴を呼んだのは、こんなふうに事故の話を第三者に冷静にジャッジしてもらいたかったのかもしれない。

「あの……僕まだしゃべっていいですか」

最近、少し引っ込み思案になっている整である。

「好きにしゃべれーや」

新音の口調は投げやりだったが、いちおう許可が下りた。

「じつはゆうべ、車に轢かれそうになって」

「えっ、うそ、なんで」

即座に朝晴が反応した。

「なんでって言われても僕は知りません」

「気のせいじゃない？」とゆら。

そう言われると、整もキッパリと否定はできない。

「まあ気のせいかもしれませんが、ちょっとムッとしたんですよ。屈辱も受けたし」

「屈辱？」

きょとんとしている朝晴に、

「はい。僕は攻撃されるとけっこう攻撃的になるんです。なので遠慮なく調べることにします」

整が断固として宣言する。

ともかく何か証拠を見つけようと、整と汐路、新音の三人が、事故の管轄だった警察署に行くことになった。

新音が当時世話になった志波という刑事に面会を申し込むと、幸い志波のほうも、新音と事故のことを覚えていた。

汐路も顔を合わせているはずだが、幼かったのと父を亡くしたショックとで、当時のことはあまり覚えていないらしい。

「母たちの車の事故ですが、なんですぐ事故だと判断したんですか」

整と汐路は後ろに控え、新音が質問する。

「ああ、対向車がのう、何台も見とったんよ。運転手が居眠りしとるのを」

四人も亡くなっているし、狩集家は昔からいろいろある家なので、若干気にはなったと言う。

「持病もないゆうことじゃったけぇ、まあ居眠り運転じゃと」

定年間近のベテラン刑事は、薄くなった頭をつるりと撫で(な)て言った。

「解剖とか、しなかったんですよね？」

「当時はよっぽど事件性がないかぎり、そこまで調べんかった」

「どこへ行こうとしてたか、手がかりはありませんか」

今にして思えば、しょっちゅう言い争いをしていた兄弟姉妹が仲よくどこかに行くなんて、そもそもおかしな話だ。

「さあ。不思議じゃったなぁ。家族も誰も行き先を知らんかったゆうのが。旅行にしちゃ荷物が変じゃったし」

「変って？」

「木箱に入った大きい日本人形があっての」

日本人形と聞いて、汐路と整は思わず顔を見合わせた。

「それ、着物の柄は？」

汐路が訊く。

「柄？　黒コゲになっとったけど、たしか菊じゃったか」

「…………」

汐路の記憶違いだろうか。父が持ち主に返すと言っていた人形の着物は、桜の柄だった。いや、絶対に記憶違いではない。では桜の人形と、蔵になかった牡丹の人形はどこにあるのだろうか？

「あと木箱に入ったお茶碗もあったのぉ」

今度は、新音と顔を見合わす汐路。その茶碗は、忠敬の蔵にあったものに違いない。

「ほかになにか気になったことは？」

刑事を相手に、新音は粘った。

せっぱ詰まった様子が伝わったのか、志波は眉根を寄せ、必死に思い出そうとしている。

ややあって、志波の表情がパッと変わった。

「……そういやあ、運転手の人のコートのポケットに、小さいプラスチックのカケラが入っとって」

「パパのコートに？」

汐路は大きく目を見開いた。

「ほうじゃ。熱で溶けてなんなんかわからんじゃったけど……何年か経って、ふと思ったんじゃ」

そう言うと立ち上がり、志波はパソコンのあるデスクから、大人の親指ほどの、あるものを手に取った。

「あのカケラ、もしかしたらこれじゃったんじゃないか思うて」

カチッと音を立て、本体から外した黒い物体を見せる。

「USBメモリのフタ……?」

新音はぽかんとしてそれを見つめた。

まず間違いないと、志波は言い切る。しかし、肝心のUSBメモリの本体はどこにもなかったそうだ。

プラスチックのフタが残っているのに、本体が焼失するなんてことはあり得ない。では、その本体はいったいどこに……?

整はじっと考え込んだ。

狩集家に戻るやいなや、整と汐路はマスクと軍手を装備して蔵の掃除を始めた。

USBメモリが、東京の自宅や大勢の人が出入りする主屋にあるとは考えにくい。可能性が高いのは、弥が姉とこっそり忍び込んでいた蔵だ。

ふたりで問難の蔵を隅々まで捜してみたが、お目当てのものは見つからなかった。

「やっぱり、USBメモリはないね……」

汐路が肩を落とす。

「そうですね……どこかに本体があるはずなんですが」

その中には、きっと大きな手がかりがあったはずだ。

ホコリや枯れ草がなくなり、見違えるように綺麗（きれい）になった床に、どちらからともなく座り込む。

「……整くん」

「はい」

「もしかして整くんって、広島の人？」

不意を打たれたように、整は一瞬、返答に詰まった。

「……どうして」

「広島駅から何も見ずに迷わず美術館に行って、路面電車も乗り換えて、原爆ドームに行ったたから」

汐路はカンが鋭い。そして、本当によく人を見ている。

「……何度か来てるので」

少し間を置いて答える。

「ふうん」

興味をなくしたような汐路の生返事で、その話は終わった。

「………」

なんとなく視線を落とした整は、床板の隙間に緑色の紙が落ちていることに気づいた。

立ち上がって周囲を見回し、錆びた火箸を手に取る。

「どうしたの？」

「床下に、何か……緑色のものが……」

「あ、ホントだ。なんだろう」

整が火箸を隙間に差し入れて、紙を取り出す。

「お芝居のチケット？」

くしゃくしゃの紙には、般若（はんにゃ）のような鬼の面とともに、『劇団カルネアデス第8回公演　鬼の集（つどい）』と印刷されていた。

「はい。もぎられてるから、使ったあとですね」

汐路がすばやくスマホで検索する。

「九年前……事故が起きる半年前に上演されたお芝居だ」

劇団のホームページに飛ぶと、主宰者の名前と連絡先が記載されていた。

「この主宰者の人に連絡してみましょう」

整は言った。


幸いすぐに連絡がつき、市内にある劇団カルネアデスの稽古場の一角で、ふたりは主宰者の貴船裕二に話を聞くことができた。頭の上のサングラスといい、肩に引っかけたセーターといい、いかにも業界の人、という感じである。

「『鬼の集』？　えー、懐かしいな。あれはおどろおどろしくて、あんま受けなかったな」

客の入りが悪く、四日間七公演しか上演しなかったという。

狭い稽古場では、時代劇の衣装をつけた団員たちが熱心に殺陣のリハーサルをしている。こういう大衆的な勧善懲悪もののほうが、観客のウケがいいのだろう。

汐路は、弥たちきょうだい四人が写っている写真を貴船に見せた。

「この人たちが来たかどうか、わからないでしょうか」

整がダメ元で訊くと、

「え？　いや、わかんない」

という想定内の返事。だが、せっかくここまで来て、手ぶらでは帰れない。

「この舞台の映像って残ってないですか」

「あー、それがね、これ公演後が大変だったんだよ」

「大変って？」と汐路。

「この脚本書いたヤツが自殺しちゃってね」

「！」

整と汐路は驚いて顔を見合わせた。これはまったくの想定外である。

「そいつの親戚が、台本も映像もぜんぶ持ってっちゃったんだわ」

役者が持っていたものまですべて回収し、二度とこの作品を世に出すなと釘を刺されたという。

「親戚？　名前は？」

汐路が訊く。もしかしたら、狩集家の縁続きの者かもしれない。

「うーん、忘れた」

このおじさん使えない、という顔の汐路。

「自殺の原因は？」

整がたずねると、

「さあ。自殺するようなヤツには見えなかったんだけどねぇ」

と貴船は首をひねった。

「親に勘当されてたんだけど、金に困ったら蔵に忍び込んで、高価な焼き物とか盗(と)ってきて売っ払うのよ」

「焼き物……」

「それがまたおかしいことに、自分でへったくそな偽物つくって、すり替えておくんだって。笑っちゃうだろ？」

整と汐路は、互いの脳裏に何が浮かんでいるか口に出さずともわかった。

新音の忠敬の蔵にあった、贋作の茶碗だ。

「もともと役者やってたんだけど、そいつが珍しく脚本書いてきて、どうしても上演したいって。それが『鬼の集』だよ」

そう言って貴船は立ち上がり、本棚に並べてある資料の中から、一枚のＤＶＤを抜き出した。

「はい、これ」とふたりに差し出す。

「映像はないけど、出資者用にダイジェスト朗読劇にしたやつでいいなら」

おおいに使えるおじさんであった。

翌日、テレビとDVDプレーヤーを持ち込んだ問難の蔵に、喫茶店と同じ顔ぶれがそろった。

「……というわけで、みなさんにも観てほしいので借りてきました」

整は、昨夜すでに汐路と観たDVDをセットした。

「あの贋作を蔵に置いてったのが、その舞台の脚本家じゃったゆうことか？」

話がどんどん複雑になってきて、新音はこんがらがっているらしい。

「はい。親御さんたちも、そこからたどり着いたんでしょう」

「みなさんの蔵には、ほかに何かなかったんですか？」

朝晴が、汐路以外の三人に訊いた。

「え……別に、何もないわよ。古い着物とかばっかり」

一瞬口ごもったゆらを、整が一瞥する。

「僕んとこも、とくには。USBメモリも捜してみたけど、なかった」

「わしもじゃ。ホンマにあるんか、そんなもん」

理紀之助と新音も、今朝早くそれぞれの蔵を捜索したらしい。

「で、そのDVDがなんなの？　私、幸を父に預けてきてんだけど」

連日にわたって呼び出されたゆらは、迷惑そうに言った。定年退職した父親をつい頼ってしまうが、幼い子供を持つ母親がひとりで外出するには、食事をはじめありとあらゆる都合をつけなければならないのだ。

「とにかく観てもらえないかな？　パパたちは絶対、この話を観たんだと思う」

真剣な汐路の口調に、ゆらたちはただならぬものを感じたようだ。それ以上なにも言わず、皆は用意されていた縁台に腰を下ろした。

「……じゃあ、始めますね」

整がDVDを再生する。

画面に『鬼の集』というタイトルが出て、モノクロのイラスト画像に合わせた朗読劇が始まった。

『時は、江戸時代から明治に移りゆく動乱の間。広島の深い闇の中に三匹の鬼が棲んでいた』

「えええー!?」

本物の鬼が登場する時代劇とは思わなかったのだろう、新音がすっとんきょうな声をあげた。

ゆらも、「なにこれ」とけげんそうに眉間にしわを寄せる。

画面では、明るい巻き髪の白い面をつけた鬼が、黒髪で黒い面をつけた鬼を二匹、両脇に従えている。

『鬼のボスは明るい色の長い巻き毛を持ち、異人のような白い肌をしていた。その姿に心酔するあとの二匹は、忠実なしもべだ。彼らは小作人にまぎれて人のフリをしていたが、あるとき、狩田(かりた)という麻農家に雇われた』

広大な麻農園の中に建つ立派な屋敷と、農園で働く鬼たち。

朗読に合わせて、画像が切り替わっていく。

『そこで彼らは、狩田家の若い嫁に懸想した』

白い面の鬼が、幼い娘を連れて歩く若妻にねばつくような視線を注いでいる。

『そのころ、広島藩は幕府より長州征伐を命ぜられ、農民もそれに駆り出されていた。狩田の主人も戦で大怪我（おおけが）をし、戻ってたちまち臥（ふ）せった』

病床の主人と、かいがいしく夫を看病する若妻。

鎌を手にしている白い面の鬼が、それをじっと見つめている。

『ある夜、三匹の鬼は主人の家に押し入った』

手に刀や鉈を持った鬼たちが現れ、着物を着た人々が悲鳴を上げて逃げ惑うシーン。

『そこにいたすべての者を斬り殺し、若妻を手に入れた』

主人はもちろんのこと、鬼の刃（やいば）にかかった家の者たちが次々と血しぶきをあげて倒れ、日本刀を振りかざした白い面の鬼が、ついに若妻を捕らえた。

「……胸糞(むなくそ)悪いわね。観なきゃいけないの、これ」

ゆらが吐き捨てるように言った。

『勝利の美酒に酔いながら、鬼たちは思った。このままここで暮らすのはどうか。この家の人間になり代わって、狩田の主人として生きていこう』

泣き暮れる若妻を従え、鬼たちが陽気に酒盛りをしている。

『しかし、そうするには手抜かりがあった』

身分の低そうな男が、屋敷の裏口から少女を押し出している描写。

人形を抱きしめた少女は、夜道を駆け暗闇に消えていった。

『主人夫婦の小さいひとり娘が、使用人の手によって逃がされていたのだ。鬼たちは

『少女を捜したが、見つけることはできなかった』

黙って観ているが、理紀之助もゆらも新音も、怪談か昔話、あるいは寓話のたぐいだと思っているだろう。

整と汐路もそう思っていた――ここまでは。

『その後、広島藩は討幕に踏み切る。地租改正が行われる直前、どさくさにまぎれ、鬼たちは狩田の家を乗っ取った』

整と汐路は、一同の反応を見守った。

『あの夜殺した人々はバラバラにして、敷地内の小高い丘の上に埋めた。そしてその上に、四つの蔵を建てた』

新音と理紀之助が、え、という顔になる。

『うちひとつの蔵の中に座敷牢をつくり、奪った若妻を閉じ込め、夜な夜な苛んだ』

嫌悪感をあらわにして映像を凝視するゆら。

『やがて彼女はボス鬼の子を産むが、地獄であったろう』

画面は、立派な着物を着て、黒髪になった白い面の鬼の絵になった。

『鬼たちの商売により、狩田家は隆盛を極めた。髪を黒く染めた成功者の彼を、誰も鬼とは思わない。なのに、ふと不安に襲われる……少女を逃したからだ』

再び、人形を抱いて走っていく少女の姿。

『いつか戻るのではないか。いつか復讐の鬼となって寝首を掻きにくるのではないか。鬼たちは怯えた。屋敷の中にありとあらゆる魔除けを配し、塩を盛った。庭に鳥居を建て、いくつかの祠を置いた』

盛り塩。お札。鳥居。祠。

狩集家の本家を想起させるものばかりだ。

明るい巻き毛で白い面をつけた子供に、大人の白い面の鬼が日本刀を振り下ろす。

『バレてはならない。バレてはならない。バレてはならない』

角を突き合わせ、三匹でひそひそと話し合う鬼たち。

『自分と同じ明るい髪を持った我が子を斬り殺した』

『三匹の鬼は掟をつくる。このののち、ボス鬼と似た容姿の子供が生まれたら、殺さなければならない』

次の瞬間、画面が現代の街並みになった。

『時は流れ、現代。鬼の子孫は裕福に暮らしている。だが怯えは消えていない。掟は生きている。バレないように、狩田の家を乗っ取ったことが知られないように、殺すのだ』

交差点を行き交う、雑多な人々。

『三匹の鬼は引きつった顔で、今も手をつないで踊っている。……〝鬼の集〟である』

三匹で手を取り合い、踊る鬼たち。

その絵を最後に画面が暗くなり、『終』という文字が出た。

再生が終わり、蔵の中に静寂が訪れた。

「……以上です」

整がDVDを停止する。

「な、なんじゃこれ！」

新音が血相を変えて叫んだ。

「狩田？　集？　狩集家のことを言ってるみたいじゃない!?」

しかも、ゆらが閉じ込められた蔵には、この話に出てくる若妻が監禁されたのと同じ座敷牢がある。

「四つの蔵……まさか実話をもとにつくったとか、言わんよね」

検査データを扱う仕事柄か、理紀之助は非現実的なものに抵抗があるらしい。

「鬼は比喩でしょうけど、僕は実際にあったことかもしれないと思いました」

整は静かに答えた。

「私たちを犯罪者の子孫だって言いたいの？」

とんでもない誹謗中傷(ひぼうちゅうしょう)だと言わんばかりに、ゆらが整をにらみつける。

「実話か、もしくは実話だと信じ込んでる人たちがいる。……そして本当に、明治時代からのルールが生きていて、鬼に似た容姿の人を殺してる」

遺産狙いの単純な殺人事件ならまだしも、そんな荒唐無稽な話に、皆どう反応すればいいのかわからないようだ。

「………」

汐路は口を閉じたまま、整たちの会話を聞いている。

「だから、それに気づいた親御さんたちを全員……」

「やめえ！　あの事故からもう八年経っとる。今さらもう、そがいな話すんな」

もうたくさんだ、という顔の新音。殺すとか殺されたとか、事故の真相を変に掘り返して誰が得をするというのだ。

「わしゃあ、帰る」と立ち上がる。

「私も、もう行かないと」

続いてゆらも立ち上がり、理紀之助も黙って腰を上げた。

整が汐路を見ると、きつく唇を嚙んでいる。

そのとき——。

「え、脚本、宝田完次(たからだかんじ)？」

朝晴がＤＶＤのケースを手に取り、表面に貼ってあるラベルを見て驚いた声をあげた。

「えっ？　宝田って……」

名前に反応したゆらが、立ち止まって振り返った。

ほぼ同時に、理紀之助と新音も足を止めて振り向く。

「お知り合いですか!?」

整は勢い込んだ。

「ああ、自殺した人じゃろ。汐ちゃんは知らんかぁ」

言いながら、理紀之助が汐路のほうを見る。

「誰？」

宝田という名字に、汐路はまったく心当たりがないようだ。

すると、ゆらが言った。

「マリさんの弟さんよ」

「ええっ⁉」

キーパーソンがこんな身近なところにいたとは――。整は仰天してしまった。

鯉沼は亡くなった夫の姓で、汐路もマリの旧姓までは知らなかったらしい。

整と汐路が主屋に急ぐと、マリは着物の上にいつものかっぽう着を着て、ななえと一緒に和室で洗濯物をたたんでいた。

「弟のこと？　なに、今さら」

「はい……」

戸口に立っていた整はハッとした。

ななえがたたんでいる、しましま模様のもの。あれは――、

「僕のパンツ！」

慌ててななえの手からパンツを取り返す。

「しましま好きなの？」

可愛いわねぇ、というようにななえはニコニコしている。

「僕がしましまを好きだろうとみなさんには関係ないことで、そりゃ水玉よりはしましまがいいですけど……弟さんは天パでしたか？」

しましまパンツをしっかり胸に抱き、マリにたずねる。

「はあ？　私とおんなじ感じよ。なんの質問なん？」

改めてマリの髪を見ると、クセのない、まっすぐな白髪交じりの黒髪だ。

「いや、どんな人だったのかと思いまして……」

汐路は質問を整にまかせ、かたわらでじっと耳をかたむけている。

「うーん、遊び人よ。役者になりたいゆうて家を飛び出してね。借金の取り立てに悩んどったいうけど、まさか自殺するとは思わんかったわ」

宝田完次の遺体は、血で真っ赤に染まったバスタブに浸かった状態で発見されたという。

「酒によおた勢いで手首切ったんよ。一滴も飲めんかったんじゃけどねぇ。酒の力でも借りにゃあこわあて死ねんかったんじゃろうゆうて刑事さんがゆうとった」

嫁に行ってからは弟と疎遠になっていたらしいが、念のため『鬼の集』のチケットをマリに見せてみる。

「このお芝居のことはご存じですか」

整が訊くと、老眼らしく、マリは目を遠ざけながらそれを見て、「さあ」と首をかしげた。

「台本や映像を引き取りにきた親戚がいたみたいなんですが」

「ええ？　そんな話、聞いたことないよ」

汐路が、もの言いたげに整を見る。

では、誰かが親戚を騙（かた）ってそれらを持ち去ったということなのか。

「しょっちゅうお金の無心に帰ってきよったんよ。うちの実家の蔵やら、親戚の蔵から金目のもん勝手に持ち出して。いつじゃったか、なんかすごいもん見つけたゆうとったが……それっきりじゃった」

「すごいものって？」

汐路の声に思わず力が入る。

「なんか古い巻物みたいなもんじゃったけど」

ビンゴ——整と汐路は、今度はしっかりと顔を見合わせた。

汐路のいとこたちは帰ってしまったが、居間に朝晴がひとりだけ残っていた。

「その蔵で見つけた巻物に、鬼の話が書いてあったってこと？」

マリから聞いた話を、整が朝晴に話して聞かせる。

「おそらく、そうだと思います。そしてそれを脚本にした。で、自殺して、台本も映像もぜんぶ誰かに持ち去られた」

「それって……」

「はい、なんかおかしいです」

朝晴はちょっと考えてから、汐路に話を振った。

「汐ちゃん、お父さんたちはあの芝居を観たあと、どうしたと思う？　鬼の話をすぐ信じたかな？」

「ふつうは信じないよね」

汐路が即答する。

「信じていいかどうか……僕なら確認します」

整は、ふたりを見て言った。

「どうやって？」

朝晴に答える代わりに、振り返って窓の外を見やる。

汐路と朝晴が整の視線を追うと、こんもりした木々の向こうに蔵の屋根が見えた。

本日二度目の招集がかかり、新音が最後に問難の蔵にやってきた。

「え――――っ！」

整と汐路、朝晴の三人が軍手をはめて蔵の床板を剝がし、理紀之助がシャベルで床下の土を掘っている。

「うそじゃろ、鬼が斬り殺した死体が埋まっとるなんて」

バカみてぇ、と言いつつも新音は残っていたシャベルを手に取った。

「床板、外した跡がある」

朝晴が言った。

「確かに土も、掘り返した感じがある」

肉体労働に縁のない理紀之助は、すでに汗だくだ。

「パパたちが掘ったんだね」と汐路。

「だからチケットが床下に落ちた……」

もしかしたら、弥がわざと落としたのかも——整の脳裏に、チラとそんな考えが浮かぶ。

「私は手伝わないからね！」

そばで見ていただけのゆらが、身震いして外に逃げていく。

「好きにせえや！　わしだってやりとうないわ！」

ヤケになってざくざく土を掘る新音。

外した床板を蔵の隅に置きにいった汐路は、そこに置いてあった日本人形と目が合った。

朗読劇の映像を思い出す。鬼から逃げた少女は、ここにあるのと同じような人形を抱きかかえていた……。

「ぅぎゃあああ!!」

突然、新音がけたたましい悲鳴をあげた。

汐路がハッとして振り向くと、整たちは床下に目を落としたまま、呆然と立ち尽くしている。

土の中から現れたのは、あきらかに人骨だ。

頭の中で想像するのと実際に自分の目で見るのとでは、まるで衝撃が違う。整は、その場にヘナヘナと座り込んだ。


理紀之助が丁寧に掘り出したところ、出るわ出るわ……埋められていた人骨は、少なくとも十人分はありそうだった。

「ほんまにあるなんて……」

新音は、いまだ目の前の光景が信じられない様子だ。

しかし、これらがどういう骨なのかはまだわからない。

「理紀さん、これ、いつの時代のものか特定できるんですか？」

壁際にうずくまって顔を手で覆ったまま整がたずねると、

「うん、できるとは思うけど……」

と語尾を濁す。臨床検査技師の理紀之助なら鑑定は可能だろうが、これ以上こんなことに関わりたくない、という顔だ。

そこへ、ゆらが戻ってきた。

「え！　うそ、ほんとに出たの!?」

確信はあったが、整も本当に出てしまったあとのことまでは考えていなかった。

「これ警察に言わないとダメ？　それとも考古学？　大学とかに？　貝塚レベル？」

膝に顔をうずめてブツブツと自問する整。ほかの面々も、どうしていいかわからないようだ。

「これではっきりしたよね。パパもこれを見た。パパは事故じゃなかったんだ」

ひとり、汐路の目に強い光が宿る。

「…………」

何事か考え込んでいる理紀之助の横顔を、整は窺うように見た。

日も暮れてしまったし、朝晴があとで車坂弁護士に相談するというので、とりあえず人骨はそのままにしておくことになった。

明日も仕事がある理紀之助と新音はまっすぐ家に帰り、整と汐路、朝晴、ゆらの四人は主屋に戻った。

土間のほうから、かまどの羽釜で炊いているご飯のいい匂いが漂ってくる。

「ただいまー」

泥だらけの汐路たちが勝手口から入っていくと、台所で炊事をしていたマリとななえが目を丸くした。

「ありゃ、あんたらドロドロじゃないの」

「早くお風呂入って。整さんも」

「ひとりでなら……」

整は早々にあきらめた。こんな汚れた体のまま寝られないし、善意のカタマリのようななえに勝てる気もしない。

「あれ、もういいんだ、お風呂」

すかさず汐路が突っ込んでくる。

「一回入ったらもういいかなって」

「簡単なんだね」

「………」

グサッ。人格を全否定されたようで、ひと言も言い返せない整である。

朝晴は祖父の車坂弁護士に電話をかけにいき、汐路に続いて整が居間に入っていくと、ゆらの父親の八木下恵介（やぎしたけいすけ）と幸が二階から下りてきた。

「ママー」

ゆらを見つけた幸が、うれしそうに走ってくる。

「あ、お父さん、ごめんなさい。幸を見てもらっちゃって」

「私はいいんだがね」

と恵介は軽くため息をついた。

「ひとりでフラフラ出歩いて、だんなさんに負担をかけないように」

その瞬間、スイッチを切ったようにゆらの顔から表情が消えた。

「おまえはもう仕事を辞めたんだから、家にいて、子育てや家事だけしてればいいんだ。だんなさんに楽させてもらって、幸とのんびり過ごせばいい。それが女の幸せだろ?」

「……わかってます」

一点を見つめ、平板な声で答えるゆら。

「どうしてそう思えるんだろう……楽とかのんびりとか」

父娘の近くで会話を聞いていた整は、ついつぶやいてしまった。

「……きみは誰だっけ」

恵介が胡散臭そうに整を見る。遺言書公開のときに同席していたので、ボリューミーなもじゃもじゃ頭になんとなく見覚えがあるのだろう。

「汐路さんの知り合いです」

はなはだ頼りない立場ではあるが、整は話しはじめた。

「女性は家事と子育てが好きだし向いてる、ってなぜか信じてる人がいるんですけど、じゃあ逆に『男性は力があるんだから永遠に肉体を使って重労働してね』って言われたら、『よしＯＫ！』って言う人と、『いや身体が弱いんで無理です』とか、それぞれに声があがると思うんですよ」

世の中を観察していると、不思議に思うことがたくさんある。

「で、実際そうやって人生を選んでる。女性もそうだと思いませんか。全人類の半分を一律で括るのはおかしくないですか。たとえば家事にしたって、掃除だけは好きとか料理だけはしたくないとかあるだろうし。さらに体格がいいか、筋力があるか、持病があるかで同じことをやっても疲れ方が違うわけです」

「きみはいったいなにを言ってるのかな」

ようやく恵介が口を挟んだ。

「人によるということです。楽かどうか、したいかどうか。それはその人にしかわからない。ほかの人が決めていいことじゃない。『楽させてあげたい』ならわかるんです。でもそれはあなたの気持ちであって、彼女の思いは違うかもしれない」

呆気にとられているゆらをよそに、整は話し続ける。

「たとえばある人が長距離を移動するのに、楽だろうと車で送ってあげたとします。あなたはそれを楽だと思う。でもその人は車酔いするから嫌だったかもしれない。歩きたかったかもしれない。でもそう言えなかったかもしれない。ほかの人には決められない。人には気持ちがあるから。望みはそれぞれだから」

ゆらの表情がかすかに動いた。

「それと」

「まだあるのか」

恵介はうんざりしているが、そういう顔にも慣れっこなので、構わず整は続けた。

「僕は常々思ってるんですが、もし家にいて家事と子育てをすることが本当に楽なことだったら、もっと男性がやりたがると思う。でも実際はそうじゃない。ということは、男性にとってしたくない、できないことなんです。なのになんで、女性にとって楽なことだと思うんだろう」

「きみはなんで私に説教してるのかな」

恵介がムッとして言う。若者の言葉に耳をかたむけることなど、これまでの人生でしたことがなかったのかもしれない。

だが整は説教しているわけではなく、説得しようとしているわけでもない。ただ自分の考えを口に出しているだけなので、忖度して言葉を濁すこともしないだけだ。

「あなたが、目の前の人がどんな顔をしてるかに気づいてないからです」

「……………」

恵介はおもむろに娘を見た――が、残念ながらゆらの気持ちに気づいた様子はない。

「……ちょっと」

ゆらが整の腕をつかんだ。

これは怒らせてしまったパターンかも……整は慌てて謝った。

「すみません言い過ぎましたか。僕、かげんがわからないとこがあって」

「いいからいいから」

ゆらはつかんだ腕を引っ張って、整を居間の奥へ連れていく。

「なによ今の。面白いけど」

襖の陰にふたりしてしゃがみ込み、ゆらが小声で話す。

怒っているのではないようで、整は安堵した。安堵したので、おしゃべりは続く。

「すみません、出しゃばって。でも付け加えると、〝女の幸せ〟とかにもだまされちゃダメです。それを言い出したのはたぶん、おじさんだと思うから。女の人から出た言葉じゃない。女性をある型にはめるために編み出された呪文です」

　問題は、彼らが本当にそれが女性にとって幸せだと思い込んでいることだ。無自覚に女性を見下していることだ。

「だって、〝男の幸せ〟って言い方はされないでしょ。片方だけあるのはやっぱりおかしいんですよ。ただのおじさんの意見や感想が、自然の摂理や事実みたいに言われてしまってるんです」

「……たしかに、〝女は愛嬌(あいきょう)〟〝女の武器は涙〟〝女の友情はもろい〟……どれもこれも男性の感性か願望でしかないもんね」

「はい」

　整は真摯にうなずいた。

「世の中に残ってるそういう言葉は、おじさんが言ったものがほとんどで、おじさんの趣味と都合が隠されてる」

　女々しい、女だてら、男勝り、女の敵は女、女は三界に家なし、山の天気と女心は変わりやすい、女は子宮でものを考える、結婚は人生の墓場……などなど、挙げれば枚挙にいとまがない。

「そんなものじゃなく、自分の中から出てきた言葉を使ってください。そのほうが幸ちゃんは、子供は絶対にうれしいです」

そこへ幸が、楽しそうに駆け寄ってきた。

「なにしてるのー？　かくれんぼ？」

ゆらは、あどけない娘の顔を見て微笑んだ。

本当は仕事を辞めたくなかった。言いたいことを飲み込んで、いつもイライラピリピリして。この子のために我慢すること、あきらめることを選ぶのではなく、まず母親の自分が笑顔にならなくては——。

「整くんは、おじさんが嫌いなんだね」

いつの間にか、汐路が襖から顔を覗かせている。

「まあ……」

「おじさんくさいのにね」

「おじさんくさい!!」

がーん。ウザいとか変わってるとかはしょっちゅう言われるが、「おじさんくさい」は初めてだ。まだギリギリ十代なのに……。

「整くん」

「……はい」

顔を両手で覆ってへこんでいる整に、ゆらが訊く。

「天パは本当に危ないと思う？」

整は顔を上げ、まっすぐにゆらを見た。

「はい。骨も出たことですし」

「……じゃあ、幸も危ないね」

その先は言わないが、ゆらの覚悟が整にも伝わった。

「ゆら！　そんなヤツと話すんじゃない。行くぞ」

恵介はおかんむりである。

「はいはい。また明日ね」

ゆらは幸を抱っこすると、父親について帰っていった。

そこへ、スマホを持った朝晴が戻ってきた。

「整くん、じいちゃんに相談したら、警察に知らせて人骨をぜんぶ取り出すから、おまえたちはなにもせず黙ってろって」

これが公になったら、世間は大騒ぎになるだろう。

財産を没収されるかもと新音は心配していたが、狩集家の人々が好奇の目に晒されるのは間違いない。ワイドショーもこぞって飛びつきそうだ。〝呪われた因習・血塗られた一族〟――そんな見出しまで浮かんでくる。

「……あの、法的にはどうなりますか。明治時代に他人の家を乗っ取って皆殺しにしたけど、今になってその生き残りの子孫が見つかった場合……」

司法試験にこそ合格していないが、法律の知識が豊富な朝晴に訊いてみる。

「うーん、犯人たちは、もう死んでるわけだから。その罪を子孫が背負うってことはあり得ない」

「その正統な血筋の人たちが訴えた場合は？」

今度は汐路がたずねる。

「裁判所は却下するんじゃないかな。人形だけじゃ、血縁を証明する手立てもないしねえ」

だとしても、手放しで喜べる話ではない。

整はふと、居間に祀られた神棚を見上げた。

「……でも、この家は魔除けだらけです」

家のあちこちにある盛り塩、所構わずベタベタと貼られたお札、玄関の巨大なアメジストドーム。

「家中に魔除けグッズを置いてるし、庭には祠や鳥居まである」

正直な感想を言えば、常軌を逸しているほどだ。

「……怯えてる。百五十年の長い年月、この家の主人はずっと怯え続けてきた」

人形を抱えて逃げた娘に。必死に行方を捜したが、とうとう見つけることができなかった娘に。

「少女が戻ってくると思ってるのかなぁ……」

誰に言うともなく、整はつぶやいた。


風呂に入って（もちろんひとりで）泥を落とし、洗濯物が入った袋を提げて二階の廊下を歩いていた整は、遺品整理中の部屋を通りかかった。

ドアが開け放してあり、散らばった遺品の中に汐路がぽつんと座って、一昨日なながそうしていたように、ひとりでアルバムを見ている。

なんとなく声をかけるのがためらわれ、黙って部屋に入っていく。

中に挟んであったのか、アルバムの上に、一枚のクレヨン画が置いてあった。

絵の片隅に、たどたどしいひらがなで『しおじ』と署名がある。幼いころ、汐路が描いたものだろう。

「……昔、パパと一緒によく絵を描いてたんだ」

「上手ですね」

「パパね、銀座に画廊持ってたんだよ。ガロちゃんともそこで知り合ったの」

ふたりが絵で繫がっていたとは、整も考えつかなかった。我路の描いた絵を、下手の横好きレベルと評して怒られたことを思い出す。

整は、汐路の描いた絵を手に取った。場所は花畑だろうか、真ん中にワンピースの少女と、手押し車を押している少年が描かれている。

ここだけの話、描いたときの年齢を考慮すれば、我路より汐路のほうがはるかに才能がありそうだ。

「半分ピンクで、半分紫……」

背景に描き込まれたたくさんの花が、なぜか右側と左側の半分ずつ、違う色で塗ってある。

「あーそれ、読んだ本のイラストを描けっていう宿題で『秘密の花園』を描いたんだよ。私はぜんぶピンクで塗りたかったんだけど」

八年前、本家に滞在していたときのことだ。

――ほー、汐路はピンクで塗るのか。

汐路が画用紙に絵を描いていると、弥が来て言った。

——お花はピンクだよ。

——……パパだったら、この色にするかなあ。

そう言って、弥は十六色セットのクレヨンから、紫色のクレヨンを取り出した。

「だから残り半分は紫にした」

図工の先生は微妙な顔をしていたけれど、そっか、パパ、取っといてくれたんだ……汐路が絵を見ながら、そこに父親がいるかのように小さくつぶやく。

「……最近は？　描いてないんですか？」

「うん……中学で美術部入ったけど、あるとき自分がすごく下手だって思えてきて。ああ才能ないなあって。パパももう見てくれないし、やめた」

「……それ、僕いつも思うんですけど。自分が下手だってわかるときって、目が肥えてきたときなんですよ」

汐路が顔を上げて、整を見た。

「本当に下手なときって、下手なのもわからない。歪んでたり間違ってたり、はみ出してても気がつかない。それに気づくのは、上達してきたからなんです。だから、下手だと思ったときこそ、伸び時です」

そこが、競う相手がいたりタイムなど記録が出たりして限界が目に見えるスポーツと違うところだ。

しばらく黙って自分の絵を見つめていた汐路が、ぽつりと言った。

「……飲めばよかったな」

「……え？」

「あの事故の朝、パパがみかんのジュース飲んでたんだけど……」

汐路も飲むかと弥に訊かれて、汐路はいらない、とぶっきらぼうに答えた。

せっかく広島についてきたのに、弥が汐路を置いて出かけるというから、拗ねていたのだ。友達もいないし、いちばん歳が近かったのは高校生の新音だったけれど、サッカーに夢中で、小学生のいとこなんかと遊んでくれない。

けれど弥はグラスにジュースを注ぎ、汐路の前に置いた。

みかんジュースは弥の大好物だったから、きっと娘にも飲ませたかったのだろう。

――すごく美味しいよ、ほら。

――いらないっ。

汐路は押し戻そうとしてグラスを倒してしまい、みかんジュースが勢いよくテーブルにこぼれてしまった。

パパは困ったような、ちょっと悲しそうな顔をしていたっけ――。

「……あのとき、飲んどけばよかったな、ジュース」

でも、それが父親との最後の思い出になるなんて、誰にわかっただろう。

いや、犯人だけはわかっていたはずだ。

幼い娘から、最愛の父親を永遠に奪うことを――。

次の日、先日と同じ喫茶店に、先日と同じメンバーが集合した。

「で？　今度はなんなんじゃ」

あきらめモードなのか、仕事を休んだという新音は私服姿で、アイスコーヒーを飲みながらじろりと整を見た。

「え、いいえ、今日は僕ではなくて、理紀之助さんから話があるって連絡をもらったので」

「リッキーが？」

皆の視線が理紀之助に集中する。

理紀之助は、おもむろにカバンから書類を取り出し、みんなに見えるようそれをテーブルの真ん中に置いた。

表紙に「鑑定書」とある。

「僕の蔵にあった錆びた刀じゃけど、調べたら、やっぱり人の血液が複数人分ついてた」

「複数人分……」

そこに血がついているわけではないのに、新音がゾッとした表情で鑑定書に目を落とす。

「つまり、あの埋められとった人たちを斬ったゆうことじゃね」

理紀之助が淡々と告げる。

「どうしたんじゃあ、急にやる気になってから」

新音はいぶかった。昨夜までの理紀之助は逃げ腰だったのに、どういう心境の変化だろうか。

「この話が本当じゃったら、次に殺されるのは僕じゃけえ」

一同、ハッとしたように理紀之助を見る。

はっきりした証拠が出たことによって、理紀之助は覚悟を決めたようだ。

「じつは天パでしたっけ」

整が確認する。

「うん」

そして髪も肌も色素が薄く、鼻筋の通った端整な顔立ちをしている。

もう誰も、これがホラ話だとも与太話だとも思っていない。

小さいうちに殺せば簡単なのにそうしないのは、成長すると髪質が変化することもあるし、血筋を絶やさないために子供ができるまで待っているのかもしれない。だとしたら、吐き気を催すような話である。

重苦しい沈黙を破ったのは、ゆらだ。

「……私も、見せたいものがある」

そう言うと、バッグからビニール袋に入れた手帳を出してテーブルに置いた。

「これ。うちの蔵で見つけた」

茶色い革のカバーがついたシステム手帳で、使い込んであることはひと目でわかった。ただ、そこまで古いものではなさそうである。

汐路は、その手帳がちょっと気になっているふうだ。

「じつはずっと黙ってたんだけど、もう遺産なんてどうでもいい。私、幸を守らないと」

ゆらはゆらで、腹をくくったらしい。

「……隠されてたのを見つけたんですか？」

整が訊くと、

「引き出しの中の古い着物にくるまってたのよ。なぜか紙がほとんどなくなってるんだけど……」

言いながら、ゆらは手帳を開いて見せた。

なるほど、本体にあたる、綴(と)じ込み用のレフィルがごっそり抜かれてしまっている。

「蔵を調べていく過程がメモされてるみたい」

数枚だけ残されたページには、その覚書きのようなものが記してあった。

始まりはやはり四つの蔵で、父親が管理している鍵をこっそり持ち出したことがメモから窺われる。そして新音の忠敬の蔵で見つけた宮島焼の贋作から窯元、体験工房、マリの弟の宝田完次、最後に『鬼の集』にたどり着いている。

「誰の手帳じゃ？」と新音。

「わからない」

ゆらが首を横に振る。

手帳を開かずの蔵に隠すことができたのだから、狩集家の関係者であることは間違いないだろうが……。

すると、汐路がじっとメモの字を見つめて言った。

「これ……パパの字だと思う」

「え、ホント？」

「この手帳も、まえに見たことある気がするけど……」

言いながら、汐路は手帳のページをめくった。

次は日本人形からアプローチを試みようとしたらしく、『十二体目の柄→牡丹』という一文から始まり、ここが重要とばかりに、『捜す→人形がカギ』と記された部分が○で囲ってある。

作者や博物館など、情報を求めて四苦八苦している様子が、そのメモから伝わってきた。

「人形がカギ……どういう意味だろう……」

朝晴があごに手を当て、探偵のごとくウーンと考え込む。

「さあ……」

いったん返答を避けたが、汐路には思い当たることが、ひとつだけあった。

「パパは人形を、持ち主に返すって言ってた……」

「持ち主って誰なんだ？」

朝晴の問いに、汐路が答えられるはずもない。

わからないことだらけで皆がシーンとなっていると、あの、と整が口を切った。

「僕思うんですけど。汐路さんのお父さんたちは、狩集家の本当の血筋の人を捜してたんじゃないでしょうか」

理紀之助が息を呑んだ。

「……それって、つまり、うちの先祖たちが殺して乗っ取るまえの、もともとの狩集家の人？」

「はい。ひとりだけ生き延びた少女の子孫……ってことです」

「そんなん、どうやって捜すんじゃ！」

わしゃわしゃ頭を掻きむしる新音に、整は言った。

「だから〝人形がカギ〟……少女が持って逃げた人形だけが手がかりです」

「…………」

汐路の脳裏に、再び朗読劇の少女の姿が浮かぶ。

「なるほど。その古い人形を持ってる人を捜したのね」

ゆらは整の説に納得したようだ。

「ほいで、見つかったんじゃろうか……？」

新音の表情からも、すっかり疑念が消えている。

整はさらに手帳のページをめくった。

「……この、最後のメモを見てください」

そのページは、『厳重に保存』という一文で終わっていた。

「保存？　なにを……」

汐路の疑問にも、整は解答を見つけていた。

「僕は、発見したんだと思います。少女の血を引く正統な狩集家の子孫を」

絶句している一同に、整が続ける。

「そもそも蔵の人形は三体足りなかった。一体は当時逃げた少女が持ってたことにするとして、もう一体は……」

新音が、その先を引き取った。

「車で燃えたやつか。菊の柄の」

「桜のもない。パパが見せてくれた人形が」

そう、汐路はずっとそのことが気になっていた。

弥が持ち主に返すと言っていた、桜の柄の着物を着た人形の行方が――。

「それ、おそらくすでに本人に渡したんじゃないですか。そして次に菊の人形をお茶碗と一緒に渡そうとして、事故に遭った」

「！」

問難の蔵に最初からなかったのは、少女が持って逃げた牡丹柄の日本人形一体だけだったのだ。

「……パパたちはあの日、その人の家に向かってたんだ」

汐路の中でちょっとずつ引っかかっていたものが、いっぺんにストンと落ちてなくなった。

「だとしたら、この〝厳重に保存〟っていうのは？」

「いったいなんのことじゃ？」

ゆらと新音が手帳とにらめっこする。

次の瞬間、理紀之助がハッとした顔になった。

「……USBメモリ」

「ああっ！　そうじゃ、たぶんそれのことじゃ！」

新音が声を張り上げた。

近くのテーブルの客が何事かと振り返り、ゆらがうるさいと新音をたしなめる。

「つまり、そのメモリに、見つけた人の情報を入れたゆうことか」

理紀之助が、確認するように整を見た。

「はい。きっともう答えにたどり着いていたんです」

「え、待って……」

なにかに気づいたらしいゆらが、ふいに顔を曇らせた。

「もし居場所を知られたら、その子孫も殺されるってこと？」

「そりゃそうじゃ。一族にとっていちばん邪魔な存在なんじゃけえ」

心なしか、新音の声に怯えが混じる。

「僕らも慎重に動かんとな。命を狙われかねんけえ」

理紀之助の言葉に、ゆらは不安を隠せない。

「そんな、狙われるって誰に？」

考えたくもないが、理紀之助の次に狙われるのは、ほかの誰でもない娘の幸なのだ。

「誰って……暗殺部隊みたいなんがおるんかの？」

いわくつきの一族の一員であるという以外はごく普通の会社員の新音が、今では大真面目にそんなことを言う。

「ずっと昔のルールを守ってるなら、当然、一族の誰か……？」

汐路の言葉が引き金になって、いとこたちは思わず警戒の目で互いを見回した。

無言のまま、疑心暗鬼に満ちた空気が沈黙の中に漂う。

部外者の整がいささか居心地悪くなっていると、

「とりあえず、もう一度みんなで捜してみたら。USBメモリ」

もうひとりの部外者である朝晴が、座をとりなすように提案した。

「ほうじゃの。もしかしたら見落としとるかもしれん」

ホッとしたように新音が言う。

そのタイミングを見計らったように、朝晴のスマホが鳴った。

「あ、じいちゃんだ。ごめん、そろそろ行かないと。またなにか進展あったら知らせて、汐ちゃん」

「うん、わかった」

言われるまでもなく、汐路は朝晴と毎日のように連絡を取り合っている。

「じゃあ、お先に」

朝晴はテーブルにコーヒー代を置き、スマホで電話しながら先に店を出ていった。

「ちょいトイレ……あっ」

立ち上がった新音のコートの裾が、アイスコーヒーのグラスを引っかけた。

グラスが倒れてテーブルに黒い液体がこぼれ、置いたままだった弥の手帳にかかる。

「！」

それを見た瞬間、汐路の顔が凍りついたように固まった。

弥がいれてくれた、みかんのジュース。

押し戻そうとして、倒れてしまったグラス。

オレンジ色の液体がテーブルにこぼれて――。

「………」

ほんの一瞬の間に、八年前のあの場面が汐路の頭の中で次から次へとフラッシュバックする。

「ちょっと、新音！」

新音の対面に座っていたゆらが、慌てて立ち上がった。

「わー、ティッシュティッシュ！」

「もう、なにやってんのよー。手帳にかかっちゃったじゃない」

新音はまたゆらに叱られている。

皆がテーブルを拭いている中で、汐路だけ座ったまま微動だにしない。

「……汐路さん、どうしたんですか？」

気になって、整が声をかけた。

ほかの面々も動きを止め、汐路のほうを見る。

「なにか、気づいたんですね」

整に図星を指され、汐路の口から吐息のような声が漏れた。

「……思い出した……」

健康的なリンゴのほっぺが、今は死人のように蒼白だ。

「……なにを？」

胸騒ぎがして、理紀之助はごくりと喉を鳴らした。

「なにを思い出したんじゃ」

トイレに行くのも忘れ、新音がじれったそうにたたみかける。

「この手帳、どこで見たのか……」

汐路の視線が、ゆっくりとテーブルの手帳に向かう。

一同は顔を見合わせた。

話そうか話すまいか、汐路はあきらかに躊躇(ちゅうちょ)している。

事件につながる重大な出来事を、汐路は思い出したに違いない。

「汐路さん、話してください」

整に促され、汐路は重い口を開いた。

汐路の話を聞き終えた一同は、しばらくのあいだ複雑な表情で押し黙っていた。

「そんな……嘘でしょ」

ゆらが、ため息とともに言葉を押し出す。

「じゃけど、もしそれがほんまなら、USBメモリを見つけんとマズいで!」

じっとしていられないらしく、新音は立ち上がってウロウロしている。

「でも、どこにあるんか見当がつかん」

腕組みをして天井を仰ぐ理紀之助。

整は最初、フタをしていないUSBメモリの本体は、パソコンに差してある可能性が高いと思った。しかし、東京の弥の家ではパソコンを使っておらず、仕事場でも人にまかせていたという。

ほかのきょうだいたちも、誰も自分のパソコンを持っていなかった。

「どこかに隠してるんじゃゃない？」

「どこかってどこじゃ」

どうにか希望を見出(みいだ)そうと、ゆらと新音が話す。だが、一番可能性のありそうな蔵にもなかったのだ。

「貸金庫とか、私書箱とか？　秘密の隠し場所があるのかも」

苦しまぎれの最後のゆらの言葉が、整の記憶を揺さぶった。

「秘密……」

つぶやいて、昨夜の汐路との会話を手繰り寄せる。


――『秘密の花園』を描いたんだよ。


半分がピンク、半分が紫色で塗られた花園の絵……。

その瞬間、整の頭にひらめくものがあった。

もしかしたら、あそこかもしれない。

「……汐路さん、潮見表ありますか？」

「潮見表？」

鳩が豆鉄砲を食ったような顔の汐路に、

「宮島の、潮の満ち引きの時間がわかるやつです」

と説明する。

「宮島がどうしたの？」

潮見表やら宮島やら、ゆらもわけがわからない。

整が少し先走りすぎたようだ。

「……USBメモリのある場所が、わかりました」

「えっ!? どこどこ!?」

新音がテーブルの上に身を乗り出し、整に顔をぐっと近づける。

「みんなに知らせてください」

整は静かに言った。

「みんなって……」と理紀之助。

「関係者全員です」

整の意図が読めず、狩集家遺産相続人候補の四人は狐につままれたように顔を見合わせた。

3

『USBメモリの隠し場所がわかった』

『えっ』

『宮島の大鳥居の太陽の側、水が引いて顔を出した杭（くい）に沿って石垣のほうへ歩いていった、その隙間のギリギリあたり。そこに埋まってる』

松島・天橋立（あまのはしだて）と並ぶ日本三景のひとつ、そして世界遺産にも登録された安芸の宮島は、太古のむかしより聖域として敬われてきた。

島全体が神の島と崇（あが）められているため、陸地では畏れ多いと、潮の満ち引きする場所に社が建てられたのが、国宝の安芸国一宮・厳島神社である。

朱塗りの豪奢（ごうしゃ）な寝殿造りの社殿と大鳥居が海上に浮かんで見える光景は、あまりにも有名だ。

この巨大な鳥居は、六本の足を海底に埋め込んでいるのではなく、自身の重さだけで地面に立っているというから驚きである。

こうした特殊な構造によって満潮の海中でも堂々たる佇まいを見せる大鳥居であるが、一日に二度、およそ十二時間おきにやってくる干潮時、海面が下がって百センチ以下になると、日によっては、鳥居の真下まで歩いていけるようになる。

その日の早朝、地続きになった大鳥居への路を歩いていく男の姿があった。

吐息が凍るような寒さのせいもあって、観光客の姿はない。ジャケットのフードを深くかぶったその男は、鳥居のふもとで立ち止まり、東側に回って笠木を見上げた。

その端に、太陽の紋章がついている。ちなみに、西側の紋章は月だ。

男は大鳥居を離れ、厳島の神聖な空気の中を、東の方向へ伸びる杭に沿って歩いていく。

石垣の近くまで続いている杭の端まで着くと、男は持参したシャベルで、杭と石垣との隙間を掘り返しはじめた。

しばらく掘っていると、シャベルの先がコツンと固いものに当たった。

埋まっていたのは、コルク栓のついた、透明なガラス瓶。

男の口元に、会心の笑みが浮かぶ。

その中に、フタのないＵＳＢメモリが閉じ込められていた。

駐車場の車に戻った男は、用意していたノートパソコンを起動して、USBメモリを差し込んだ。

幾度かクリックして無題のファイルを開くと、画面に文章が表示された。

『……以上が調査の結果である。本来の狩集家の流れを汲むと思われる人物の名は、松井寿也。住所は広島県……』

男は駆り立てられるように、USBメモリに入っていた住所に車を走らせた。

家から少し離れた場所で車を降り、古びた門構えの前で立ち止まる。

男は『松井』という表札を確認し、足を忍ばせて侵入した。

家はそこそこの旧家のようだがどことなく寂れていて、手入れのされていない庭には、雑草がはびこっている。

敷地の一角に木造の納屋があった。中に入っていくと、うまいことにワラが積んである。これならよく燃えそうだ。

男はボトルタイプのガソリン携行缶を取り出し、ワラの上に中身を撒くと、ライターを取り出した。

シュボッ。炎の灯りで、フードの中の男の顔が照らされる。

そのとき、背後からダミ声がした。

「おいおいおい、待て！　なにしとる！」

ハッとして振り向くと、ふたつの人影が走ってきた。

「動くな！　おとなしゅうしろ」

怒鳴っている髪の薄い男には見覚えがある。たしか、志波という刑事だ。もうひとりのヒゲ面は部下らしい。

「放火未遂罪の現行犯で逮捕する！」

ふたりの刑事は、きょとんとしている男を取り押さえて手錠をかけた。

――なぜ警察がここに？

状況を理解できない男の前に、見知った顔が数人、現れた。

皆、目の前の光景が信じられないという表情をしている。

「……朝ちゃん……」

朝晴の顔を穴の開くほど見つめながら、汐路が青ざめた顔で言った。

あたりには、朝晴のまいたガソリンの匂いが立ち込めている。

蒸発すれば大丈夫だろうが、空気が乾燥している時季のこと、もし火が点いていたら、大きな火災になっていただろう。

「誰がどう出てくるかと思ったけど、まさかいきなり焼き殺しにくるなんて……」

さすがの整も、そこまでは想定していなかった。

「……なに？　メモリは嘘？」

朝晴はうっすらと状況を把握したようだ。

「はい、あなただけじゃなく、関係者全員に知らせました」

遺産相続人候補である理紀之助、ゆら、新音、汐路のそれぞれの残された親たちと、ゆらの夫の一平。

マリをはじめとする、近い親戚筋の人たち。

遺言執行人の車坂弁護士と、真壁税理士にも。

「ここは空き家なんじゃ」

犯人を罠にかけるために、急ぎニセの家が必要だった。この物件を見つけたのは、不動産関係の仕事をしている新音だ。

「USBメモリは、僕が埋めておいた」

理紀之助が大鳥居に行ったのは昨夜の干潮時である。万が一なにかの形跡が残っていたとしても、そのあと満潮になるので、海水が消してくれる。

「なんで宮島に」

騙された悔しさからか、朝晴が整に訊く。

「掘り出しにいく時間が引き潮でわかるから。さすがに潜ってはいかないでしょ。それにとてもそれっぽいから、わくわくしてうっかりしないかなと思って」

朝晴は焦っていたのだ。よく考えれば、あんな場所に八年もの間、USBメモリが埋まっているわけがない。石垣のすぐ外では、人々が潮干狩りもしているというのに。

朝晴は表情を没すると、おもむろに汐路を見やった。

「……なんで、汐ちゃん、僕に嘘を」

朝晴に嘘の情報を伝えた汐路は一瞬、グッと詰まった。

「……私、思い出したんだよ。あの事故の朝のこと」

唇を震わせながら話しだす。途切れ途切れだったあの日の記憶が、ぜんぶ一直線につながったのだ。

狩集家の顧問弁護士の孫である朝晴は、しょっちゅう本家に顔を出していた。物心ついてからの汐路の記憶の中では、いとこたちよりも頻繁だったかもしれない。

「おじさん、おはようございます」

「おはよう。どうしたの？」

だから弥とも、叔父と甥のような間柄だった。

「うちで採れたみかん、ジュースにしたんでお裾分けです」

朝晴は、手に持っていたタンブラーを掲げてみせた。

「おっ、ありがと」

大の好物とあって弥はうれしそうにタンブラーを受け取り、さっそくグラスにみかんジュースを注ぐと、ごくごくと一気に飲み干した。

「あー、やっぱりうまいなあ」

一方の汐路はテーブルに画用紙を広げ、ふくれっ面で黙々と絵を描いていた。父親に置いてけぼりにされるのが面白くなかったのだ。

「汐路もジュース飲む？」

「いらない」

拗ねて顔も上げない娘に、弥はきっと手を焼いただろう。

それでもグラスにみかんジュースを注ぎ、汐路の前に置いて優しく言った。

「すごく美味しいよ、ほら」

「いらないっ」

汐路は誤ってグラスを倒してしまい、こぼれたみかんジュースがテーブルに広げて置いてあった弥のシステム手帳にかかってしまった。

「ああっ！　大変だっ」

弥は血相を変え、そばにあったふきんで手帳を拭った。

「わあ、ティッシュティッシュ」

朝晴も慌ててジュースを拭き取る。

汐路は素直に謝れなくて、バツが悪そうにそんなふたりを見ていた。

いま思えば、手帳が濡れたくらいで、大げさなほど焦っているふたりを――。

汐路は、ビニール袋に入れた弥の手帳を朝晴に見せた。

「あれは、この手帳だった」

「…………」

「それで、そのあとパパは……」

弥は出かける準備をするため二階へ行ってしまったが、朝晴が一緒に遊んでくれたので、汐路はすっかり機嫌を直していた。

朝晴はいつも嫌な顔ひとつせず汐路の相手をしてくれる。汐路はそんな朝晴が、父親の次に大好きだった。

身支度を終えた弥が、コートを羽織りながら二階から下りてきた。

「……あれ、手帳どこ行った?」

とテーブルの上にキョロキョロ視線を走らせる。

「手帳? ないんですか」

下に落ちてないかと、朝晴はテーブルの下を覗き込んだ。

きっと弥は、手帳を捜している時間がなかったのだろう。

「いや……おかしいな。汐路、見つけたらここに置いといて」

「はーい」

汐路が楽しそうにしているので、ホッとしたらしい。弥は愛しい娘に、満面の笑みを向けた。

「行ってきます」

「——そう言って出かけて……事故に遭った」

最後に汐路が見たのは、慌ただしく出かけていく父親の後ろ姿だった。

「あのとき、朝ちゃんが手帳盗ったの？　だから今ここにあるの？」

手の震えを抑えるように、しっかり手帳を握りしめる。

「僕が？　なんのために？」

そらぞらしいほど、朝晴に動揺している素振りは微塵もない。

「ジュースがかかったページを抜き取るためじゃ」

汐路の代わりに理紀之助が切り込んだ。

「でも残念じゃったね。検査したら、紙やカバーからみかんの果汁と睡眠薬の成分が出たよ」

「嘘だ。そんなの今ごろ出るわけがない」

朝晴がうっかり口を滑らせた。

「『そんなの』『今ごろ』？」

すかさず整が指摘する。

「紙に染み込んだものは、残りやすいんじゃ」

理紀之助が言うと、朝晴は沈黙した。

「おまえがやったんか！　おじさんに睡眠薬飲ませて、事故に見せかけて殺したんか⁉　なんでじゃ！」

新音がまなじりを裂き、朝晴につかみかかっていく。

「手ぇ出すな！」

ふたりの刑事が、慌てて新音を止めた。

これ以上馬脚を現すのを恐れてか、朝晴は無言を貫いている。代わりに、整が答えた。

「……三匹の鬼は、狩集家、車坂家、真壁家の三家になって、協力して掟を守ってきた。鬼とわかる容姿を持って生まれてきた狩集家の子孫を、車坂家と真壁家の人間がひそかに殺してきたんですね」

朝晴の目がかすかに泳いだ。

「うそ、車坂と真壁のおじさんたちが暗殺部隊⁉」

両手で口を押さえるゆら。親戚のおじさんのような車坂と真壁が、社会的地位もあるふたりが、まさか人殺しに手を染めているなんて――誰に想像できようか。

「でも、殺すのが早すぎた」

整が言ったとたん、痛いところを突かれたように朝晴の目の焦点が戻った。

「汐路さんのパパと新音さんのお母さんは、容姿のせいで殺すリストに入ってた。だからこれ以上調べられたくなくて、つい殺してしまったけど……盗んだ手帳と遺品のUSBメモリのフタを見て、彼らが逃げた少女の子孫を見つけたことを知った」

人形を抱いた少女が大きくなり、鋭い牙を剝き出しにして迫ってくる――はたから見れば滑稽な悪夢に、三家の者たちはずっと悩まされ続けてきたのだろう。

「あなたたちは、その少女がいつか復讐にくる、いつかすべてを奪いにくると長年怯え続けてきた――だから、なにより知りたかったはずです。その子孫が誰で、今どこにいるのか……それを聞き出してから、殺すべきだったんです。いや、べきっていうか」

しかし、ほかにぴったりくる言葉が見つからない。

じっと耐えていた汐路が、苦しげに口を開いた。

「……事故のあと、朝ちゃんがうちに来て、『パパはパソコン使ってた？』って。何か預かってないかって、何度も何度も私に訊いた」

「うちにも来たの」

「うちも」

新音と理紀之助が続く。

「うちも。なにか手続きのたびに車坂先生と」

そう言って、ゆらは朝晴をにらみつけた。

戻ってきた遺品の中にUSBメモリのキャップを見つけてからの八年間、朝晴たちは死に物狂いで本体の行方を捜したに違いない。

「子供たちになにか言い残してると思ってたんですよね」

整が、同意を求めるように朝晴の目を見て話す。

「どうしたらそれを聞き出せるか考えた。だから今回の、汐路さんたち四人の遺産相続争いを仕掛けたんですね」

四人の祖父である先代当主・狩集幸長の死は、絶好のチャンスだった。そしてそれに利用されたのが、庭に建っている四つの蔵だ。

「それぞれに蔵を与えて、謎を解けと言った」

こんな手の込んだ計画を立てたのは、車坂か、真壁か、朝晴か。それとも三人で謀(はかりごと)を巡らせたのか——。

「『過不足なくせよ』……人形は足りず、茶碗は多い。わかりやすいヒントを置いて、親御さんたちが調べたルートを辿らせようとした……USBメモリにたどり着くのを、期待して」

まるで誰かにそうさせられているかのような違和感を、整はずっと感じていた。

「……どうしてそう言い切れるのかな」

挑むような目で、朝晴は整を見返してくる。

「あなたは、ずっと進行を促す発言をしてた」

最初は、整が皆を集めて、一族の天然パーマの者だけが殺されるという話をした喫茶店だった。

誰かにとって都合の悪いなにかを突き止めたために、四人の親は事故に見せかけて殺されたのではないか……そんな整の推測に新音たちは腹を立て、そこで話が打ち切られそうになったときだ。

——僕もあの事故は疑問に思ってた。

朝晴は整を支持して、皆を引き戻した。

問難の蔵で、『鬼の集』のＤＶＤを観たときもそうだ。

——みなさんの蔵には、ほかに何かなかったんですか？

朝晴はそんなふうに質問をして皆を誘導していたし、ＤＶＤを観終えたあと、汐路以外の三人がそれ以上の関わりを避けて帰ろうとしたときは、

――え、脚本、宝田完次？

わざと名前を出して、皆を引き止めた。

整と汐路がマリに弟の話を聞きにいったあとも、朝晴はひとりだけ居間に残っていて、戻ってきた汐路にこう言った。

――お父さんたちはあの芝居を観たあと、どうしたと思う？

どういう意味だろう、次はどうする――朝晴はそうした言葉で、

「僕らを導こうとしてた」

「……ずいぶん、僕のこと見てたんだ」

整の観察眼と洞察力に、朝晴は感嘆を通り越して呆れているふうだ。

「最初にちょっと気になったんです」

汐路と問難の蔵を開けた日だ。

門の前で整が初めて朝晴と顔を合わせたとき、

──それで開かずの蔵は開けたの？　何が入ってた？

──ホラーな人形です。『サスペリア2』で走ってくるようなやつです。

そんな会話のあと、朝晴は言ったのだ。

──そんな大きくないでしょ。

「ああ、中の人形を見たことあるんだなと思いました」

「…………」

「でも弁護士さんサイドだから、別に不思議じゃない。じゃあなんで知らないフリをするんだろうと思いました」

朝晴はぐうの音も出ないのか、ひと言も言い返さない――いや言い返せない。

そんな初恋の人の姿に、汐路はたまりかねたのだろう。

「……朝ちゃん、なにか言って……ねえ朝ちゃん！」

両方のこぶしをぎゅっと握りしめ、きつく目を閉じて名前を呼ぶ。

――違うって、僕じゃないって言って。

声にならない汐路の願いも虚しく、朝晴は一同を見回すと、やがて観念したように大きな息をついた。

「……四人乗ってると思わなかったんですよ」

なんのことだかわからず、皆、要領を得ない顔になる。

「汐ちゃんのパパと、新音の母親だけだと思ってた。まさかほかのきょうだいも一緒だったなんて……」

「はあ!?　うちの母は殺すつもりじゃなかったってこと!?」

ゆらが目を剝いた。

「僕の父もただ巻き込まれただけじゃ言うとるんか!?」

理紀之助も激高した。

「そう。ふたりには気の毒だった。ホントなら今ごろどちらかが、狩集家のすべてを相続してるはずだったのに。ふたりは死ななくてもよかったんだ」

とは言いながら、朝晴の口調はまるで他人事で、ささいなミスだったとでも言いたげだ。

「ふたりだけのつもりだったんだ。だって汐ちゃんが、出かけるのはふたりって言ったから」

「……え」

急に話の矛先を向けられて、汐路は思わず目を見開いた。

「汐ちゃんが、そう言ったから」

「…………」

汐路は思い出した。

事故の前日の夜、いつものように階段に座って朝晴に電話したこと。

――もしもし朝ちゃん？　明日ね、パパが新音のママと車でどっか行くんだって。

「……私が……？」

大きく目を見開いたまま、呆然とつぶやく。

「うん。そもそも汐ちゃんが教えてくれたんだよ」

汐路は東京の家から、父親に連れられて広島に来たときは本家から、毎日朝晴に電話してきた。

「『パパが最近おかしい。勝手に蔵に入ってるのを見た』。『新音のママとよく話してる。なんかコソコソしてる』……」

なにが面白いのか、朝晴は口の端に小さく笑みを浮かべた。

こっそり父親のあとをつけて行動を見張っていた小さなスパイか、それとも子供の尾行に気づかない、のん気な父親のほうか——。

「そうやって、パパの動きをぜんぶ教えてくれた」

「……！」

汐路の顔から、みるみる血の気が引いていく。

「僕はこれはマズいと思った。それで決めたんだ。どうせいつかは殺すふたりだったから、僕の初仕事として、もうやってしまおうと」

殺人の告白を、朝晴は眉ひとつ動かさず淡々と口にする。

本当にこれが、みんなが知っているあの朝晴なのか。頭のネジが飛んだどこかの殺人鬼が、朝晴の面を被っているだけではないのか。

理紀之助もゆらも新音も、初めて見るような目で朝晴の顔を見つめている。

「……汐ちゃんのおかげだよ」

言葉の剣で胸をひと突きされたように、汐路は硬直した。

「私の……せい？」

その双眸に、みるみる涙が込み上げる。

「私が、パパを、殺したの……？」

ハッとして新音が汐路を振り返った。

「違うで汐路！」

「違う、違うから！」

「違う！」

ゆらと理紀之助も同時に叫ぶ。

「違います」

整は汐路の正面に立ち、目線を合わせてきっぱり言った。

「あなたのせいじゃないです。百パーセント、完全に、朝晴さんのせいです」

無邪気な笑顔で朝晴を慕っていた汐路。そんな彼女の信頼を平気な顔で裏切り続けてきた罪は、どんな刑罰よりも重い。

「………」

息もつけないように、汐路の目からただ涙だけがぼろぼろこぼれ落ちる。

「なんなの、母が汐ちゃんのせいで死んだとでも思わせたいの!?」

ゆらは怒りが沸点に達したらしい。

「思うか！　卑怯者(ひきょうもの)、あいにくだけどこっちもバカじゃないんで」

汐路の肩を抱いて朝晴をにらみつけ、まるで子猫を守る母猫のように牙を剝く。

「ほんまじゃ、おまえみたいな人間が弁護士になろうなんて、信じられん」

理紀之助は落ち着きを取り戻したが、声には怒りと侮蔑が入り混じっている。

「最悪じゃ、最悪じゃあ、朝晴！」

みんなの気持ちをひと言に集約して、新音が咆哮(ほうこう)した。

朝晴はしかし、われ関せずの涼しい顔をしている。

整は、魂が抜けたような汐路に語りかけた。

「半分こして大きいほうをくれる人が優しいとはかぎらないです。そんなことどうでもいい人もいるし、罪悪感からする人も、目的がある人もいる」

それを聞いた朝晴が、「……ひどいな」と心外そうにつぶやいた。優しい気持ちからなのに、と言いたいようだ。

「ストップ！」

突然大声がして、車坂と真壁が泡を食って駆けつけてきた。

「ストップだ！　朝晴！　なにもしゃべるなよ」

「じいちゃん……」

「だからひとりで先に行くなと言っただろう！」

凄（すご）い形相で朝晴を叱りつける車坂に、志波が「ご家族ですか？」と声をかけた。

「祖父だ。私は弁護士だ」

「もう白状した。録音もしとる」

理紀之助がスマホを見せたが、車坂は「そんなもん、なんにもならん」と一蹴し、

「朝晴、おまえは疲れてる。とにかく黙ってなさい」

そう言って朝晴を連れて行こうとする。

「どうしてですか」

後ろから、整が声をかけた。

朝晴と車坂が立ち止まって振り返る。

「朝晴さん、あなたはこれを使命だと思ってるんですよね？　やらなければならない崇高な使命だと」

なぜなら、朝晴に良心の呵責は微塵も感じない。

「悪事と思ってないなら、隠すことはないはずです」

朝晴は一瞬の間のあと、

「……たしかに」

なぜそんな簡単なことに気づかなかったのか、という顔で言った。

「朝晴！」

「じいちゃんたちも正々堂々としてればいい」

「朝晴、やめろ！」

車坂はこめかみをひきつらせている。

「ねえ、『鬼の集』の脚本を書いたマリさんの弟、宝田完次も殺したの？」

ゆらがスパッと切り込むと、真壁があきらかにギョッとした。

「……なにを言ってるんだ、あれは自殺だ！」

「お酒を飲めない人が泥酔して手首を切った？」

ゆらが鼻で笑う。

「私も飲めないからわかるけど、そんなことありえない。ストレスがあろうが、死の恐怖をまぎらわせたかろうが、飲まない人間には、お酒を飲むという選択肢は出てこない」

冷や汗をかいている真壁から、ゆらは朝晴に視線を移した。

「あれも、あなたがやったの？」

「いや、あれはじいちゃんたちが」

まるで悪びれずに告発する。

「朝晴！」

「お、おい!!」

ふたりの老人は必死に朝晴を黙らせようとするが、無駄だった。

「じいちゃんと、真壁のじいちゃん、ふたりでやったんだ」

ふたりがかりで無理やり酒を飲ませ、泥酔した宝田を水を張ったバスタブに浸けて手首を切ったのだ。

一同はシンと静まり返った。

せめて真実がわかってよかったと整は思う。殺されたのに自殺だとされるのは、本人にとって最悪な結末だから……。

「じゃあ、『鬼の集』の台本や映像を持ち去った親族っていうのも……」

整が沈黙を破って訊くと、

「そう、じいちゃんたちだよ」

歯止めのなくなった朝晴はスラスラと答えた。

「黙れ！　黙れと言ってるだろうが！」

車坂はもう、取り繕うことすら忘れている。

「……朝晴……」

引き際を悟ったのか、真壁はがっくり肩を落とした。

宝田の姉のマリを本家に置いたのも、おそらく近くで見張るためだろう。

ショックで立っていられなくなった汐路は、顔をゆがめてその場にしゃがみ込んだ。

ゆらが心配そうに寄り添う。

「僕を車で脅したのは、車坂先生、あなたですか」

ふと思い出して、整は言った。

「なに……？」

「朝晴さんはなにを見ても聞いても、あんまり驚いた顔はしなかった。でも」

――じつはゆうべ、車に轢かれそうになって。

――えっ、うそ、なんで。

「唯一、あのときだけはホントに驚いてた……。『なんで』っていうのは、僕に言ったんじゃなくて、『おじいちゃんなんでそんなことを』って意味だったんですね」

「じいちゃんは、整くんのことを厄介だって」

……厄介って。また少し整の心が折れる。

「そんなこと言った覚えはない、おまえのカン違いだ！」

真壁と違って、車坂は往生際が悪そうだ。

「でも僕は必要だと思った。だって整くんがいなかったら、バカばっかりでなにも気づかない」

真っ先に朝晴の視線を受けた新音が、「ああ!?」と気色ばむ。

すると、整が唐突に言った。

「カバだったんですね」

「!?」

「僕はカバの歯って、円柱だと思い込んでたんです」

比喩やたとえなどではなく、本物のカバの話である。

たしかに、よく見る大きく口を開けているカバのイラストには、だいたい円柱形の歯が描かれている。が、なぜ今その話をするのか。まごついている一同に構わず、整は続けた。

「でもホントは、あの歯はどこまでも伸びて、すごい牙になるんです。自分を傷つけて危ないから、動物園なんかでは切ってるだけなんです」

下あごの牙は「無根歯」といって、一生伸び続ける歯なのだそうだ。伸びすぎて自分の上あごを突き破ってしまうことも珍しくないらしい。

「それを聞いたとき、ものすごくびっくりしました。あなたたちの牙も、みんなは知らなかった。でも同時にあなたたちも、自分たちの歯は円柱だと、先祖代々信じ込まされてきたのかもしれない。ホントの自分を見ることもなく」

「ホントの自分……?」

朝晴がおうむ返しに繰り返す。

「ある映画のセリフで、『犯罪とは人の努力が裏側に出ているのだ』というのがあるんですが……きっと、努力ではあったんだろうと思います」

整の言葉をどう受け止めたのか、朝晴も、車坂と真壁までもが黙りこくっている。

「……私たちのおじいちゃんも、知ってたってことなのよね?」

ゆらが言った。

「もちろん」

朝晴が答える。

「当主になる人間だけが鬼の話を聞かされるんだ。さすがに事故のときはショックだったみたいだけど、しかたないよね」

朝晴があっさり総括したので、真壁はカッとなったらしい。

「おまえが暴走するからだろうが！　四人とも勝手に殺しちまうなんて、このバカが！」

「真壁……っ」

まだしらを切るつもりだったのか、車坂は頭を抱えた。

「だから、『義』がない」

整が再び口を挟む。

「え？」

「蔵の名前の八つの漢字です」

理紀之助の〝明聡の蔵〟。

ゆらの〝温恭の蔵〟。

新音の〝忠敬の蔵〟。

汐路の〝問難の蔵〟。

「明、聡、温、恭、忠、敬、問、難……論語の九思だと思いますが、だったらひとつ足りない。いちばん大事だと思われる『義』がない」

遺言書開示の場で整が「……足りない」とつぶやいたのは、そういうわけだ。

「それが?」

なんなのだ、と朝晴が問う。

「『義』というのは〝正しい道〟を表すものです。さすがにつけられなかったんですね。ご先祖は悪事だとわかってた」

皆、一様に黙り込んだ。その言葉が、きっとそれぞれの胸に、それぞれの深さで刺さったに違いない。

思いも寄らなかった展開に、志波はため息をついた。その悪事が犯罪ならば、署でじっくり話を聞かねばならない。余罪も少なからずありそうである。

「そろそろ行こうか」

志波が言い、ヒゲ面の刑事がふたりの老いた暗殺者を促して歩きだす。それでも車坂はまだ、不当逮捕だの違法捜査だのとわめいている。

汐路はまだしゃがみ込んだまま、石になったように動かない。いつもの強気の仮面をつける気力もないようだ。

そんな汐路に、志波に連行されていた朝晴が足を止めて言った。

「汐ちゃん、僕は汐ちゃんの言ったことだから、ぜんぶ信じた。USBメモリが厳島神社にあるって」

「…………」

「汐ちゃんが僕に嘘をつくなんて、悲しいよ」

のっぺりした顔で恨み言を口にする。

「どの口が言ってんのよ！　もうやめなさい！」

汐路の心まで殺そうというのか。ゆらは癇癪玉を爆発させた。

「汐ちゃん、こいつの言うことは聞かんでええ」

理紀之助の慰めにも、しかし汐路は顔を上げられない。

「嘘ついたんは、おまえじゃ！」

また朝晴につかみかかろうとする新音を、理紀之助が慌てて羽交い締めにして止めた。

しかし、朝晴にはなにひとつ響かない。

「それは僕から見たら違う。……まあ、きみたちにはわからないよ」

そうつぶやくと、朝晴は小さく息をつきながら肩をすくめた。

「……もう行くぞ」

朝晴が再び志波に引っ張られていく。

「ねえ、僕は犯罪者じゃないから。無差別に誰でもいいとか言ってるヤツらとは違うから。必要なことをしてるだけ。歴史上みんなやってきたことでしょ。ねえ……」

潔白を主張する朝晴の声が遠ざかり、やがて静寂が訪れた。

時代錯誤の馬鹿げた掟に縛られた祖父に洗脳され、朝晴は狂信的なまでに心を蝕まれていったのかもしれない。

整は、ゆらに寄り添われ、膝に顔を埋めて泣いている汐路を心配そうに見やった。

全幅の信頼を寄せていた朝晴に利用され、なにも知らなかったとは言え、最愛の父親の死に加担してしまったのだ。汐路が受けた心の傷を思うと、かける言葉もない。

整は無意識にその小さな頭にふれようとして、ハッと気づいたように慌てて両手を上げた。

「……汐路さん、じゃあ、お父さんが見つけたホントの狩集の子孫の人に会いにいきましょうか」

それが汐路の慰めになることを願いながら整が言うと、汐路は魔法を解かれたように、びっくり眼で顔を上げた。

「……え」

「まさか、ＵＳＢメモリ見つかったんか!?」

「隠し場所がわかったっていうのは、ホントだったんじゃね」

「すごい！　どこにあったの!?」

新音と理紀之助とゆらが、興奮気味にまくしたてる。

昨夜ひと足先にひとりで確認したところ、整が見当をつけた隠し場所に、それは意外な姿で収まっていた。

「汐路さんのお父さんが大事にしまってた、あの絵……」

花の半分がピンク、半分が紫色のクレヨンで塗られた、汐路の絵。

「『秘密の花園』、お父さんは紫……あそこしかないと思いました」

「あそこって？」

ピンと来ないらしい汐路に、整は言った。

「アメジストドームです」

一同はあ然とした。幾度となく目にし、幾度となくその前を通っていた、あの大きな紫色の石の中に――？

「昔からずっと玄関にあって、みんな見てた。逆に目立たない」

整はポケットからそれを取り出すと、汐路の前にしゃがんで手を差し出した。

「これが、隠してあったＵＳＢメモリです」

コネクタ部分の反対側にアメジストの飾りが施されたこのＵＳＢメモリが、ゴツゴツ尖(とが)った水晶にまぎれて差し込んであった。

アメジストドームは、別名アメジストカペーラ。

カペーラとは、ポルトガル語で礼拝堂という意味だ。

祈りにも似た気持ちで、弥はこのＵＳＢメモリを隠したのかもしれない。

あるいはこの場所を弥が選んだのは、必然だったのだろう。

狩集家の正当な子孫は、君原奈津子(きみはらなつこ)という中年の女性だった。

「みなさんのことは、狩集のごきょうだいの方たちから伺ってました」

もじゃもじゃ頭の若者は例外として、奈津子は、いつの日か汐路たちが訪ねてくるのを予期していたようだ。

「パパたちから……」

小ぢんまりした洋風の家で、奈津子と汐路たち四人はテーブルを囲んだ。整はひとり、続き間のテーブルから話を聞いている。

「ええ。私がつくった石のアクセサリーを置いてもらってる店があるんですが、お父さまがそこにアメジストドームの浄化の相談にいらしたとき」

それは、本当にたまたまだったらしい。

弥は、店に陳列されたアクセサリーの横に貼ってある、作者のプロフィール写真に目を吸い寄せられた。

「私の写真を見て、後ろに人形が写っているのに気がついたそうです。それで連絡を……」

奈津子は一同に、ガラスのケースに入れて大切に飾ってある日本人形を見せてくれた。

「うちは代々、長女がこれを受け継ぐことになってましてね。この子が導いてくれたのかしら」

「牡丹……」

汐路がつぶやく。この華やかな赤い着物を着た人形が、ひとり生き残った少女を支え、守ってきたのかもしれない。

「あちらに桜の人形もありますよ」

奈津子は、整のいる部屋に視線をやった。キャビネットの上に飾られた別のガラスケースの中から、白地に桜柄の着物を着た人形が、また会えたねと汐路に語りかけているようだ。

「お父さまからいただきました」

これは持ち主に返すのだと、いつになく真剣な目をしていた父。

「ちゃんと返せたんだ……」

喜びが胸に込み上げ、汐路は泣き笑いの顔になった。

「あの、もしかしてアメジストのＵＳＢメモリをつくったのはあなたですか」

理紀之助が奈津子に訊く。

「はい、私です」

「じゃあ狩集家についての話は……」

「ええ、鬼の話も聞きました。最初はとても信じられなくて」

奈津子は母からも祖母からも、狩集家の名前を聞いたことはなかったそうだ。

「でも、ごきょうだいは私が危険かもしれないと……。だから自分たちになにかあっても、決して名乗り出ないようにと」

奈津子の表情がふっと翳(かげ)った。

「あの事故のニュースを見たときは、身体の底から震えました。それで、八年間ずっとなにも言えず黙ってました。申し訳ありません」

深々と頭を下げて謝罪する。

「それでよかったんですよ。謝らなきゃならないのはこちらのほうです」

理紀之助が言うと、奈津子は顔を上げ、真摯なまなざしで話しだした。

「……ごきょうだいは言っておられました」

――こんなバカなことは、もう自分たちの代で終わりにします。

――決して子供たちに引き継がせてはいけないんです。

「だから子供たちのために、すべてを明るみに出すと……固い決意で笑っておられました」

弥と長子だけではない。ゆらの母の幸恵(ゆきえ)も、理紀之助の父の悟(さとる)も、同じ気持ちだったという。

なにも言ってくれないから、知らなかったのだ。父たちと母たちが、娘と息子たちを、これから生まれてくる子孫を、命がけで守ろうとしてくれていたこと――。

四人とも、父母の思いに胸が詰まって言葉もない。

「じつは、みなさんへのプレゼントを頼まれていたんです」

沈んだ空気を変えるように、奈津子が明るく言った。

「……プレゼント？」

「お代はいただいてたのに、お渡しできないかと思ってました」

そう言うと、すでに用意してあったらしい小箱をトレイに載せて運んできた。

「まず、ゆらさんに。お母さまから」

ゆらが箱を受け取って開けてみると、中には天然石――ハウライトという白いパワーストーンでつくったブレスレットが入っていた。

「いずれまた仕事がしたくなるだろうからと、強い運とリーダーシップ、先見の明で仕事を成功に導く石を使っています」

「………」

もし子供が生まれたら仕事を辞める――まだ幸を授かるまえだったが、ゆらが言ったことを幸恵は覚えていたのだろう。

名前の一字をもらったせいか、幸は亡き母に面差しが似ている。ゆらの顔が、今まで見たことのないほど和らいだ。

「これは理紀之助さんに、お父さまから。優しくて人を優先してばかりいるから、もっと自由にと、積極的に根気強く目標を達成する信念の石です」

「…………」

理紀之助は、惑星のような黒い天眼石のブレスレットを手に取った。

狩集の姓と残された母を守っていくのは自分だけだと気負ってきた。けれど自分を後回しにするな、自分をあきらめるなと、父が背中を押してくれるような気がする。

「新音さんに、お母さまから。そそっかしくて熱しやすく冷めやすいからと、意識を高め人徳を与える冷静さと友情の石です」

「…………」

透き通ったホワイトオニキスのように、母はなんでもお見通しだ。サッカーをやめてずっと後悔していたこと、本当は今もスポーツ関係の仕事に就きたいと思っていること——。

世話の焼ける息子に、きっと今も天国でやきもきしているに違いない。

「そして、お父さまから汐路さんへ」

汐路は奈津子からそっと小箱を受け取り、ドキドキしながら蓋を開けた。

「伸び悩んだ才能を開花させてくれる、底力とバイタリティを与える石です」

「…………」

ブレスレットの赤い石をじっと見つめる。

――汐路は元気でしっかりしてるけど、じつは周りに気を遣ってこっそり疲れてるんだよなあ。だから、勇気と自信を持って。

いつか画廊で言われた、父の言葉が聞こえてくる。

――大丈夫、困難なときこそ、希望に向かえる大人になれるよ。

成長していく娘の姿を、どれほどそばにいて見守っていたかっただろう。

――幸せになれるからね。

慈しむような弥のまなざしが思い出されて、汐路の目からポロッと涙がこぼれ落ちる。

もう一度、絵筆を握ってみようか――カーネリアンというその石は、弥が好きだったみかんジュースのオレンジ色を帯びて、優しい輝きを放っていた。

石を通した親子の邂逅(かいこう)を、整はひとり静かに見守っていた。自分がちょっと泣きそうな顔をしていることには気づかないまま――。

気遣うような皆の視線に気づき、汐路は涙をぐっとこらえて、逃げるように整のもとに歩み寄っていった。

「整くん、これ見て。石、好きなんでしょ」

その明るい作り笑顔はすぐに消え、汐路の視線は桜の人形に吸い寄せられていく。

「……汐路さん、お母さんとカウンセリング受けてみるのもいいと思いますよ」

真実を伝えたとき、ななえは寂しそうに言った。巻き込みたくなかったとしても、夫にはひとりで悩まずに相談してほしかった、と。

「えっ？」

汐路は目をぱちくりさせた。

「いらないよ、そんなの。私、どこもおかしくないもん」

汐路のように、カウンセリングは心を病んでいる人が受けるもの――日本ではそういう認識が根強く、世間体を気にする人も少なくない。

「僕はアメリカの刑事ドラマをよく見るんですが、刑事が犯人を殺したり、逆に酷い目に遭ったりしたとき、必ずカウンセリングを受けさせられてる。カウンセラーのOKが出ないと仕事に復帰できないんです。……それってたぶん、人の弱さを認めてるからなんだと思う」

カウンセリングが普及しているアメリカでは、心の不調を感じたらすぐに心理カウンセラーを訪れるという。

そして、そのほとんどに保険が適用される。カウンセリングは日々の心の安定のため、心の調子を整えるためという考え方が浸透しているのだ。

「人は弱くて壊れやすくて、病むことも倒れることもある。それが当たり前だと。だから修復する。治そうと思う。それができると信じてる。ひるがえって日本では、弱さを認めない」

会社を休職した人。引きこもり。登校拒否の子供。災害や大きな事件に巻き込まれてストレスを抱えた人。

そういう人たちが、なぜ日本では肩身の狭い思いをするのか。

「弱い者は負けで、壊れないのが正しい。壊れたら退場で、悩むことすら恥ずかしい。相変わらず根性論です。弱くて当たり前だと、誰もが、思えたらいい」

返事も相づちもなかったが、その目から流れ落ちている涙が、汐路の答えなのだろう。

整は汐路の顔を見つめ、気になっていたことを口にした。

「汐路さんは、時どき、否定疑問文で聞く」

藪から棒に言われて、汐路は小首をかしげた。

『しない？』とか『行かない？』とか。傍若無人で容赦ないのに、いつも怯えている。お芝居をする」

「…………」

「マフラーを巻くのが怖いと言う」

今日のように雪でも降りそうな気温の低い日ですら、汐路の首もとは剝き出しで寒々しい。

「セメントに落とされたものが、おそらくたくさんある」

それはきっと、さまざまな形で汐路の心に跡を残している。

「でも、あなたはまだ子供だから、セメントが固まりきってないから、きっと少し、穴を埋めることができると思います」

亡き父が望んだように、そのデコボコ道を、自分の足でまっすぐに歩いていけるくらいには――。

＊

予期せぬ長い滞在を終えて東京に発つ整を、ゆらと理紀之助、新音、汐路の四人が駅まで見送りにきてくれた。

「どうも、お世話になりました」

駅の外で、整は深々と頭を下げた。

「ていうか……ずっと気になってたんだけど、整くんって誰なんだっけ?」

「えっ?」

「そういやあ、おまえホンマはなにもんなんじゃ」

遺言書が開示されてからずっと立ち合ってきたというのに、ゆらも新音もあんまりである。

「僕はただの学生で、なんの関係もないのに無理やり連れてこられたんです!」

「ところで蔵の床下から出た人骨じゃが、あの人が望むならDNA鑑定ができる。血縁関係があるか調べられるよ」

理紀之助が言うには、床下から十三体の人骨、庭の鳥居の下からは頭蓋骨も出たそうだ。そう言えば、甲冑に髪の毛も残っていた。

「あの人はそうは言わない気がするけどね」とゆら。

狩集家の正当な子孫である彼女は、これからも石にたくさんの人の想いを込めながら、静かに穏やかに暮らしていくことを望むだろう。

「いっそ蔵ごと博物館にしちゃらあええんじゃないか」

また新音がめちゃくちゃなことを言いだす。

「おお、ほうじゃね」

理紀之助も悪ノリし、ゆらがなにそれ、とおかしそうに笑う。

名残惜しいような気持ちもなくはないが、そろそろ新幹線が出発する時間だ。

三人の横で所在なさそうに爪の先をいじっていた汐路が、整と目を合わせないまま、

「じゃあね」とそっけなく言った。

「……それじゃ」

整はあらためて皆に会釈した。

「おう、気いつけてな」

こんなに会社を休んで大丈夫なのかと心配になったが、新音は転職を検討中らしい。

「はい。みなさん、お元気で」

もう一度頭を下げて歩きだした整を、ゆら、理紀之助、新音が手を振って見送る。

みんなの手首には、父母の愛がこもったブレスレットがはめてあった。

しかし汐路は最後まで、愛想笑いのひとつも見せなかった。

駅の中に入って改札に向かいながら、整はフーッと長い吐息を漏らした。

「……もし我路くんがいたら、同じ結論になったかな。加害者側は伝え続けて、さらに加害者を生み出し、被害者側は次の世代に伝えなかった。だから加害者にもならず、再び被害者になることもなかった」

だからって、ずっと被害者が報われないのもどうなのか……。

「難しいな……」

つぶやきながら改札を通り抜けた、そのとき。

「整くん！」

ふいに名前を呼ばれ、整は足を止めて振り向いた。

「ありがとー!!」

汐路が満面に笑みを浮かべ、大きく両手を振っている。まるで平和記念公園の再現だ。

「東京帰ったら、遊びにいくからねー！」

なんとなくわかってはいたが、素直になれるまで心とは正反対の行動をとってしまうらしい。

「……もう結構です」

逃げるように駆けだす。

これが「結構」のもっとも正しい使い方のような気がする整であった。

発車のベルが鳴り、東京行きの山陽新幹線が走りだした。

コートを脱いで窓際の席に落ち着くと、どっと疲れが出て急に眠気が襲ってくる。

「すみません、マックスまで倒させてください」

後ろの席に声をかけてから椅子を倒し、整は布団代わりにコートをかけて目を閉じた。

「東京まで寝ていこう」

整が眠りに落ちた、窓の外。

広島の景色が流れて遠ざかり、不可思議な、さまざまな出来事も夢の彼方(かなた)に消えていった。

エピローグ

　こちらは、東京の大隣署。

「戻りましたー」

　強行犯一係のドアを、巡査の池本優人が元気よく入ってきた。

　池本に続いて、警部の青砥成昭も入ってくる。

　池本と同じ巡査の風呂光聖子が、待ち構えていたようにふたりに駆け寄った。

「青砥さん、さっき広島県警から電話がありました」

「広島県警？」

　銀縁眼鏡の奥の鋭い目が、けげんそうにすぼまる。

「はい。狩集一族の殺人事件のことで……」

　全国的に有名になった名家の事件のことは、当然ながら青砥の耳にも入ってきている。

「なんでうちに？」

狩集一族の顧問弁護士と顧問税理士、そのどちらかの孫息子が逮捕されて事件は解決したはずだ。

風呂光が、メモを確認しつつ報告する。

「被害者の狩集弥さんが銀座に画廊を持ってたんですが、顧客リストの中に犬堂我路の名前があったそうです。それでいちおう、連絡をって」

「そうか……」

青砥は眼鏡のブリッジを中指で押し上げた。

バスジャック事件で犬堂家に押し入ったとき、壁にたくさん絵が飾ってあったことを思い出す。画廊で購入するような絵には見えなかったが……。

「あ、それと、犯人が逮捕された現場に久能さんがいたみたいです」

「ええ!?　久能くん？」

池本がすっとんきょうな声をあげた。

「なんで？　なんで久能くんが広島にいんのよ？」

食いつきがハンパない。

「さあ……旅行ですかね」

首をかしげる風呂光。

「旅先でも事件に巻き込まれてんのか、なんなんだあいつは」

青砥は苦々しい顔をしているが、池本はさも面白そうに笑った。

「もはや呼ばれてるとしか思えませんね」

「ほかに犬堂我路の情報は？」

青砥が風呂光に訊く。

「いえ、なにも。依然、足取りがつかめないままです」

青砥はひそかに歯噛みした。

犬堂我路と、ふたりの従兄弟は忽然と姿を消してしまった。

証拠不十分で、指名手配もできずにいる。

「いったいどこに潜伏してるんだろう……？」

そう言うと、池本はいつもの癖で舌を小さくペロッと出した。

＊

犬堂我路は、沖合いの凪いだ海上にいた。

　クルーザーの甲板に立ち、汐路から送られてきたメールを開くと、狩集家の正当な子孫であるという、君原奈津子の家の前で撮った集合写真が添付されていた。遺産相続争いなどなかったかのように、みんな吹っきれたような明るい笑顔をしている。

『整くんが撮りました。一緒に入ってって言ったのに断られた。めんどくさいっ』

　真ん中でうれしそうにピースしている汐路を見て、我路の顔にもゆっくりと微笑が広がっていく。

　あんなに怖がっていたのが嘘のように、汐路の首には暖かそうな、赤いタータンチェック柄のマフラーが巻いてあった。

※本文中の「犯罪とは人の努力が裏側に出ているのだ」の引用元：一九五〇年アメリカ映画「アスファルト・ジャングル」（脚本：ベン・マドウ、ジョン・ヒューストン）

本書のプロフィール

本書は、フラワーコミックスα「ミステリと言う勿れ」（作・田村由美）を原作とした映画「ミステリと言う勿れ」の脚本（相沢友子）をもとに、著者が書き下ろしたノベライズ作品です。

小学館文庫

映画ノベライズ ミステリと言う勿れ

著者 豊田美加
原作 田村由美
脚本 相沢友子

二〇二三年九月十一日　初版第一刷発行

発行人　石川和男
発行所　株式会社　小学館
〒一〇一-八〇〇一
東京都千代田区一ツ橋二-三-一
電話　編集〇三-三二三〇-五六一六
　　　販売〇三-五二八一-三五五五
印刷所――――図書印刷株式会社

この文庫の詳しい内容はインターネットで24時間ご覧になれます。
小学館公式ホームページ　https://www.shogakukan.co.jp

ISBN978-4-09-407293-8

ミステリと言う勿れ　後編

豊田美加

原作　田村由美／脚本　相沢友子

暗号を使って話す女性ライカと出会った久能整。
彼女の言葉から、ある都市伝説と
連続放火殺人事件の真相に迫ることに――
大ヒットコミック原作の
TVドラマ完全ノベライズ、後編！

小学館文庫